KB180817

교사
내전

교사내전
대한민국 교사가 살아가는 법
ⓒ이정현 2021

초판 1쇄   2021년 5월 17일

지은이   이정현

출판책임   박성규   펴낸이   이정원
편집주간   선우미정   펴낸곳   도서출판 들녘
편집진행   이수연   등록일자   1987년 12월 12일
디자인진행 김정호   등록번호   10-156
편집   이동하·김혜민
디자인   한채린   주소   경기도 파주시 회동길 198
마케팅   전병우   전화   031-955-7374 (대표)
경영지원   김은주·장경선   031-955-7376 (편집)
제작관리   구법모   팩스   031-955-7393
물류관리   엄철용   이메일   dulnyouk@dulnyouk.co.kr
                                    홈페이지   www.dulnyouk.co.kr

ISBN   979-11-5925-634-9 (03810)

교사내전

대한민국 교사가
살아가는 법

이정현 지음

들녘

우리가 몰랐던 진짜 교사 이야기

교사는 우리에게 친숙한 직업이다.

학생들은 일과의 대부분을 학교에서 보내고 그 곁에는 언제나 그들과 동고동락하는 교사가 있으니 당연한 일일지 모른다. 하지만 어른들도 별반 다르지 않다. 그들 역시 학창 시절 대부분을 학교의 테두리 안에서 교사와 함께 보냈던 기억을 가지고 있으며, 졸업한 후에 잠시 잊히는가 싶으면 학부모가 되어 재차 교사와 인연을 맺게 된다. 그리고 노년기에 들어서서 '이제는 정말 끝났다' 한시름 놓을라치면, 맞벌이하는 자식 내외를 대신해 손주들의 등하교를 책임지며 또다시 교사와 마주하게 된다.

결국 우리는 너나없이 교사와 인연을 맺고 살아가는 것이다. 그것도 평생토록 말이다. 그래서일까? 종종 우리 사회에 교사에 대한 뜨거운 관심이 내재해 있는 것을 목격하게 된다. 청소년들의 장래희망을 묻는 설문조사에서 교사는 단연 1위로 꼽힌다. 편하고 안정적인 직업이라 여겨지기 때문일 것이다. 그래서일까, 교사의 사생활 관련 논란이 하나 제기되면 각종 언론사들은 이를 대서특필하여 연일 후속 보도를 이어가고, 해당 학교는 집중포화를 받게 된다.

그런데 우리가 알고 있는 교사는 과연 누구인가?

안 그래도 따분한 수학 공식을 자장가로 바꾸는 초능력을 지닌 김 선생인가?

된소리가 구수한 한국식 발음으로 영어 지문을 읽는 신토불이 이 선생인가?

체육 시간에 '아나공(아나 공 줄 테니 마음대로 놀아라)' 마인드로 일관하는 박 선생인가?

안타깝게도 우리가 알고 있는 교사의 모습은 딱 이 정도다. 언론을 통해 많이 접할 수 있다지만, 언론에 비친 교사의 모습은 실제의 단 1퍼센트도 반영하지 못한다. 실제로 학교 현장에서 그들이 살아가는 법은 알지 못하는 것이다. 혹자는 왜 그것을 알아야 하느냐고 반문할 수 있다. 하지만 앞서 말했듯 교사가 이토록 우리 삶과 밀접한 연관성을 맺고 있는 직업이라면, 우리에게도 진짜 그들의 모습을 알아볼 필요는 충분하지 않을까?

그렇다면 함께 생각해보자.

신성한 배움의 현장인 학교에서 공공연하게 갑질이 이루어진다면, 믿을 수 있겠는가?

분명 같은 교사인데 은근히 소외당하는 보건교사와 영양교사 등의 설움을 아는가?

왜 수업 잘하는 그 교사는 제일교포(제일 먼저 교감을 포기한 교사)가 되었을까?

정년을 한참 남겨두고도 학교를 떠날까 고민하는 우수 교사, 무엇이 그를 그토록 괴롭혔을까?

학생과 학부모에게 고소당하는 교사의 이야기를 들어본 적 있는가? 그는 과연 계속 당하고만 있을까?

교장으로 승진하는 사람들에게는 비결이 있다? 그들의

공통점은 무엇일까?

교사라고 다 같은 교사가 아니다. 오늘 우리 학교 현장에는 각양각색으로 살아가는 교사들이 존재한다. 시험에 목숨 거는 '노량진' 박 선생이 있고, 권모술수에 능한 '사바사바' 최 선생이 있다. 교감 승진에 목매는 '해바라기' 정 선생이 있는가 하면, '제일교포' 김 선생도 있다. 전보내신을 써서 시골에 정착한 '자연인' 윤 선생이 있고, 아예 해외파견 교사로 나가는 '기러기 아빠' 조 선생이 있다.

드라마에 등장하는 식상한 교사의 모습말고, 우리가 몰랐던 진짜 교사들의 이야기를 숨김없이 보여주고자 한다.

목 차

1장

교사라고
다 같은 교사가
아니다

정교사라는 희망고문

학원 강사, 교편을 잡다

따스한 햇볕이 내리쬐는 4월 어느 날, 사회과 장 선생은 집 근처 인문계고등학교에 들어섰다. 대리석으로 반듯하게 지은 교문을 지나자, 푸른 잔디가 넓게 깔린 운동장이 있고 소나무와 향나무가 위용을 뽐낸다. 왼쪽으로 고개를 돌리니 커다란 경관석 사이로 울긋불긋한 철쭉이 그를 반긴다. 본격적으로 봄을 맞는 교정, 하얀 민들레 홀씨가 여기저기 흩날리는 가운데 여학생들이 삼삼오오 모여 담소를 나누며 꽃향기 가득한 교정을 거닐고 있다.

"야, 악바리 사회가 드디어 들어간대!"

"정말? 이제야? 독하다 독해!"

"그러게 말이야. 작년에 천사 보건쌤은 임신하자마자 휴직하신다고 해서 우리가 얼마나 서운했는데……."

"그러니까 사회보고 독하다고 하는 거지."

"그치……. 근데 악바리 후임은 누굴까? 방탄소년단 오빠들처럼 잘생기고 멋있는 사람이었으면 좋겠다."

"야, 방탄소년단은 무슨. 히스테리 악바리만 아니면 난 누구든 오케이다."

여고생들이 악바리의 후임으로 방탄소년단을 바라는 줄은 까맣게 모르고, 장 선생은 봄기운 가득한 교정을 만끽하며 발걸음을 서두른다. 교무실에 들어서니 교감 선생님이 장 선생을 알아보고 손짓한다.

"아하! 장 선생님이시죠? 안 그래도 기다리고 있었어요. 여기 앉으시죠."

장 선생이 교무실 가운데 있는 탁자에 앉자, 교감 선생님은 녹차 한 잔을 내준다. 그것도 잠시, 이내 둘 사이에는 어색한 분위기가 흐른다. 장 선생이 뜨거운 녹차를 허겁지겁 마시고 불편한 자리에서 일어나려 하자, 교감 선생님은 내심 기다렸다는 듯이 교과서와 지도서를 건넨다. 이로써 장 선생의 본격적인 교직생활이 시작된 것이다.

전임 사회 선생님이 쓰던 자리는 깨끗하게 잘 정돈되어

있다. 장 선생을 위해 새로 산 컵을 선물로 두고 간다는 쪽지가 눈에 들어왔다. 비록 전임 교사의 얼굴을 보진 못했지만, 장 선생은 쪽지 한 장으로 마음이 따스해지는 것을 느꼈다. 글쎄, 학생들에게는 '악바리'라고 불리던 사람이 포스트잇 한 장으로 장 선생을 사로잡았으니 이처럼 아이러니한 일이 있을까?

장 선생의 첫 수업은 2학년 3반이다. 교단 위에 서니 30여 명의 학생이 한눈에 들어온다. 학생들은 모두 초롱초롱한 눈빛을 발사하며 장 선생이 입을 떼길 기다리고 있다. 장 선생은 그 시선들이 부담스럽고 얼떨떨했지만, 이내 정신을 차리고 칠판에 자신의 이름을 적었다. 그리고 힘겹게 운을 뗐다.

"앞으로 3개월 동안 여러분과 함께 사회를 공부할 장○○입니다."

착한 여학생들은 돌고래 함성과 박수로 그를 맞아주었다. 인문계고등학교에서의 첫 수업은 굉장히 즐거웠다. 소위 말하는 명문 학교라서 그런지, 장 선생의 한마디 한마디에 모든 학생이 귀 기울이는 것을 느낄 수 있었다. 장 선생은 신이 나서 한 가지라도 더 가르쳐주려고 열과 성을 다해 수업했다. 학원가에 떠도는 대입 정보를 알려주기도 했다. 정말 오랜만에 주인공이 된 것 같다는 느낌을 받았다. 수업은 눈 깜짝할 새 끝났다. 한 시간이 어떻게 흘렀는지도 모르겠다. 장 선생은 학원에서 느끼던 것과는 사뭇 다른 감정을 느꼈다. 왠지 모를 따스함마저 느껴지는 것은 사교육과 공교육의 차이 때문일까?

다음 날, 그는 담임교사로서 학급 학생들의 면면을 살폈다. 쉬는 시간에 책을 읽고 있는 아이들이 보인다. 뿌듯하고 사랑스럽다. 체육 시간에 열심히 뛰는 모습은 활기차고 멋지다. 심지어 수업시간에 꾸벅꾸벅 조는 학생조차도 얼마나 피곤하면 저럴까 안쓰럽고 짠하다. 장 선생은 학생들과 함께하는 모든 순간이 소중하고 행복했다.

동료 선생님들과 함께하는 시간도 마찬가지다. 그들은 교사 모임이 있을 때마다 장 선생을 초대한다. 심지어 동네 친목 모임에도 그를 불렀다. 학교 내 배드민턴 동호회에서도 장 선생을 환대해주었다. 그들과 함께 지내는 동안 장 선생이 얻어먹고 마신 밥과 술이 얼마나 되는지 가늠도 되지 않는다. 어린 장 선생을 챙겨주고 싶어서였을까? 초짜 교사를 위로해주고 싶어서였을까? 아니다. 그들이 좋은 사람이기 때문이다. 장 선생은 당시 자신과 함께 근무했던 선생님들은 모두 부처님이나 예수님과 견줄 만한 사람들이라고 생각한다.

어느덧 약속된 3개월의 시간이 흘러, 마지막 수업시간이 찾아왔다. 장 선생은 복도를 걸으며 지난날을 회상한다. 갑자기 슬픔이 몰려온다. 학생들을 사랑한다. 수업이 즐겁다. 동료 선생님이 좋다. 이곳에서 평생 근무하고 싶다는 생각이 간절한데, 오늘을 마지막으로 떠나야 한다고 생각하니 슬퍼졌다. 눈물을 억누르고 편치 않은 마음으로 복도 끝 교실 앞에 다다랐는데, 여느 때와 달리 교실 안이 깜깜하다.

"어둠의 자식들! 이젠 대놓고 불까지 끄고 자는구나!"

갑자기 옆 반 담임교사의 말이 생각났다. 입시를 위한 살인적인 교육과정 아래에서, 아이들은 누적된 피로를 극복하기 위해 쉬는 시간 10분 동안 가끔 불을 끄고 잠을 청한다.

불이 꺼진 교실 문을 향해 손을 뻗으려는 찰나, 장 선생은 불현듯 추억에 잠긴다. 학창 시절, 장 선생 역시 이른 새벽에 시작하는 0교시 수업부터 다음 날 새벽까지 이어지는 자율학습으로 늘 잠이 부족했다. 수업 중간 쉬는 시간이면 너나 할 것 없이 모두 책상에 엎드려 잠을 청했다. 얼마나 피곤했는지 코를 고는 친구들도 있었다. 10분간의 고소한 단잠을 장 선생은 지금까지도 잊을 수가 없다.

장 선생은 회상에서 벗어나기 위해 고개를 절레절레 흔

들며 교실 문을 닫겼다. 그러자 어두운 교실 한구석에서 은은한 노랫소리가 들려온다. 가만히 듣자 하니 익숙한 멜로디와 귀에 익은 가사다.

"……하늘 같아서~ 우러러볼수록 높아만 지네."

따스하고 포근한 울림을 주는 아이들의 합창 소리. 가만히 들어보니 〈스승의 은혜〉다. 노래가 끝나갈 즈음 한 아이가 촛불을 꽂은 케이크를 들고 장 선생에게 다가왔다. "와~!" 하는 여학생 특유의 돌고래 함성도 따라온다. 장 선생은 고개를 돌려 칠판을 바라보았다. 칠판은 알록달록 여러 색깔로 쓴 글씨와 예쁜 하트, 그림들로 가득하고, 교탁 위에는 형형색색 예쁜 종이에 빼곡하게 적은 학생들의 편지가 놓여 있다. 기쁨의 눈물인지 슬픔의 눈물인지는 구분할 수 없지만, 정말 주체할 수 없을 만큼 눈물이 줄줄 흐른다.

장 선생은 이렇게 멋진 학생들과 계속 함께하고 싶다. 하지만 그럴 수 없다. 계약 기간이 끝났기 때문이다. 그렇다! 장 선생은 기간제교사다. 기간제교사는 정규교사의 빈자리를 메우는 계약직 교사를 말한다. 이들은 교원자격증을 소지하고서, 정규교사의 출산휴가, 육아휴직, 병가나 파견 등으로 학교에 결원이 발생했을 때 한시적으로 정규교사의 수업과 업무를 대신한다. 다시 말하면 정규교사와 같은 일을 하고, 같은 수업을 하지만, 정년이 보장되지 않는 임시 교사다. 장 선생 역시 전임자의 휴직 기간에 맞춰 이곳에 근무했던 것이고, 전임자가 복직하였기에 학교를 떠나야 한다.

'좋은' 선생 자리를 찾아서

다음 날, 장 선생은 새로운 학교를 찾기 위해 시도교육청 채용공고를 확인하는 것으로 하루 일과를 시작한다. 전국에 있는 중고등학교의 채용공고를 확인할 수 있지만, 집 근처 학교는 겨우 세 군데뿐이다. 밑져야 본전이다. 조건 좋은 곳을 골라 무조건 원서를 넣는다. 기간제교사가 말하는 조건 좋은 곳이란, 채용 기간 1개월, 3개월 등 단기성 쪼개기 자리가 아닌, 1년짜리 모집 공고를 말한다. 3월 초부터 시작하여 이듬해 2월 말까지 계속 근무할 수 있다. 1년 동안 마음 편히 근무할 수 있다는 게 가장 큰 장점이고, 방학에도 정규교사와 똑같이 자가 연수를 하며 월급을 받는다. 퇴직금까지 받을 수 있다.

하지만 장 선생에게 1년짜리 모집 공고는 넘볼 수 없는 벽이다. 그는 학원 강사 경력 조금에 학교 경력은 고작 3개월밖에 안 되는 초짜다. 학교 입장에서는 당연히 초짜보다 수업이나 업무 능력 면에서 증명된 경력 많은 사람을 선호한다.

다행히 장 선생은 오래 걸리지 않아 6개월간 근무할 수 있는 시골 중학교에 채용됐다. 나중에 알고 보니, 지원자가 30명이 넘었단다. 그중에 장 선생이 채용된 것이다.

"어떻게 된 일일까? 30명이나 지원했다는데 내가 합격하다니."

장 선생은 어리둥절하다. 하지만 뭐, 이러면 어떻고 저러면 어떠랴? 이유야 어찌 되었든 또다시 학생들과 함께할 수 있다는 생각에 그는 기분이 좋다. 그러나, 장 선생이 그 학교에서 30 대 1의 경쟁률을 뚫고 자신을 채용한 진짜 이유를 알게 되는 데는 그리 오래 걸리지 않았다.

장 선생이 두 번째로 근무하게 된 중학교는 정말 첩첩산중 오지에 있었다. 주변엔 산밖에 없다. 학생들은 순하고 착하지만, 이전에 근무한 학교에 비해 뭔가 생기가 없고 칙칙하다. 이유가 무엇일까? 학교 시스템 때문이다. 20여 명의 교직원으로 구성된 이 학교에는 소위 말하는 '실세'가 있다. 바로 교장이다. 이사장의 친척인 그는 모든 인사권을 좌지우지한다. 그렇다! 여기는 말도 많고 탈도 많은 사립학교다.

국공립학교 교사와 달리 사립학교 교사는 평생 한곳에서

근무한다. 간혹 재단이 운영하는 학교가 여러 곳일 경우 근무지가 바뀌기도 하지만, 이 재단이 운영하는 학교는 딱 여기 하나뿐이다. 그러니까 한번 근무를 시작하면 정년까지 30년 넘도록 함께하게 되는 것이다. 당연히 다른 학교와 교류가 없으므로 시스템이 낙후되는 폐단이 있다. 과거에 해왔던 방식을 그대로 고수하기 때문에 변화도, 발전도 없다. 학교 행정 업무도 마찬가지다. 모든 게 원시적이다. 다른 학교에서는 컴퓨터로 처리하는 시간표 작성이나 감독 교사 배정 등을 수작업으로 처리한다. 더 큰 문제는 앞서 말한 실세 교장이다. 학교의 모든 행정이 교장의 독단적 결정에 따라 주먹구구식으로 돌아간다. 교무실에서 고성과 상욕이 오고 가는 것쯤은 예삿일이다.

"야 인마! 너 일 똑바로 못 해?"

올해 51세가 된 학생부장은 전 교원 앞에서 망신을 당한다. 근무한 지 한 달밖에 안 된 장 선생조차 이런 장면이 익숙할 정도다. 그렇다면 이런 학교 풍토에서 기간제교사인 장 선생의 위치는 어디일까? 바닥도 그냥 바닥이 아니고 핵무기로도 뚫을 수 없는 지하 벙커쯤 되지 않을까?

장 선생은 다른 교사보다 한 시간 일찍 출근한다. 집과의 거리가 전에 근무했던 학교보다 멀어졌기 때문에 두 시간 일찍 집을 나선다. 그는 출근하자마자 교무부장과 나란히 교무실과 복도를 청소한다. 쓸고 닦기를 30분가량 한 뒤에는 본관 옆에 있는 비닐하우스로 향한다. 그곳에는 교장이 기르는(?) 수백여 개의 화분이 있다. 아침마다 물과 거름을 주며 식물을 관리해야 한다. 안 하면 안 된다. 이게 여기 법칙이다.

이 모든 일을 마친 뒤 드디어 시간표를 확인하는 장 선생. 오늘 첫 수업은 4교시다. 그러니까 장 선생에게는 수업 시작까지 세 시간의 여유가 있는 것이다. 사회를 전공한 그는 이 학교에서 역사를 함께 가르친다. 혹자는 사회나 역사나 같은 과목 아니냐 말하지만, 실제로는 전혀 다른 교과다. 장 선생의 전공은 정치와 법, 경제, 사회문화고 역사 교사의 전공은 한국사, 세계사, 근현대사 등이다.

인문계고등학교는 대부분 학교 규모가 크고 교과 난도가 높기 때문에 교사들이 각자 전공에 맞는 수업을 담당한다. 문제는 시골에 있는 소규모 중학교다. 교사들의 전공이 세분되어 있지 않은 경우가 많다. 이처럼 특정 교과를 전공한 교사가 없을 때 같은 '교과군'을 전공한 교사가 수업을 대신 맡는 방식을 '상치교사'라고 한다. 장 선생 역시 상치교사로서 사회와 함께 역사를 수업하며, 빈 시간에는 주로 역사 관련 수업자료를 준비한다. 하지만 교장의 생각은 다르다.

"수업 준비는 집에 가서 하는 거야! 학교에서 당신 공부하라고 월급 주는 게 아니야!"

젊어서 그랬는지, 학교 경험이 부족해서 그랬는지는 몰라도 장 선생은 교장의 말이 일리 있다고 판단했다. 그래서 교장이 시키는 대로 했다. 공강 시간마다 교무실 밖으로 나가 운동장 주변 수목을 다듬었다. 잡초를 베었다. 화단을 만들었다. 학교 뒷산에 올라 교장실에 들어갈 야생 난을 재배했다. 장 선생에게 학교는 수업하는 교실이자 막노동하는 현장, 식물을 재배하는 농장이다. 장 선생은 매일같이 녹초가 되어 집에 돌아온 뒤 바로 잠자리에 드는 피곤한 삶을 반복하고 있었다.

그렇게 두어 달쯤 지났을까? 어느 퇴근 시간, 갑자기 교장이 장 선생을 호출했다.

"장 선생! 갑시다!"

목적지는 모른다. 그저 가자니 따라갈 뿐이다. 소의 고삐를 움켜쥔 농부처럼 장 선생을 질질 끌고 가는 교장의 뒤를 따라간 끝에 도착한 장소는 뜻밖에도 교장의 집이다. 이날을 시작으로 장 선생은 교장 집에 있는 감나무에 올라가서 감을 땄다. 교장 집 밭에 가서 배추를 솎고 고추를 땄다. 장 선생은 생각했다. 아무리 생각해도 여긴 학교가 아니다. 교사는 열심히 수업하고 학생과 함께 미래를 꿈꾸는 직업이다.

'이제 더는 안 되겠다. 참을 만큼 참았어. 이쯤에서 그만두자.'

장 선생은 결심한다. 사표를 던질 각오로 교장실을 향해 힘차게 팔을 휘저으며 걸어간다.

이건 학교가 아니다

장 선생은 지금 교장실 문 앞에 서 있다. 교장의 얼굴에 대고 사표를 멋지게 던지는 것으로 그간 겪었던 서러움을 한 방에 날려버릴 것이다. 장 선생은 문을 열기 위해 힘차게 문고리를 잡는다! 그런데 차마 문고리를 돌리지 못하고 그냥 그 상태로 멈춰버렸다. 갑자기 얼마 전 교장이 했던 말이 생각났기 때문이다.

"장 선생! 나는 장 선생의 꿈! 이뤄줄 수 있다!"

힘든 막노동 중에 교장은 종종 장 선생에게 다가와 귀에다 대고 이런 말을 속삭이곤 했다. 무시할 수 없는 말이었다.

정교사가 되고 싶었던 장 선생에게 교장의 말은 너무나 달콤했다. 정교사만 되면 전공 과목을 연구하고, 학생과 미래를 꿈꾸는 행복한 나날을 보낼 것이다. 교장만 내 편이 된다면 이 모든 게 가능할 것 같았다. 이사장 친척으로서 학교 최고 실세인 교장의 말을 누가 거역할 수 있겠는가?

결국 장 선생은 끝내 교장실 문을 열지 못했다. 그리고 다시 참고 또 참았다. 정교사라는 단꿈을 이루기 위해서. 드디어 인고의 시간이 흘러 계약 기간 6개월을 채웠다. 이제는 결실을 볼 때다. 하지만 새롭게 등록된 채용공고를 확인한 장 선생은 경악을 금치 못했다. 이번에도 사회과 교사 채용공고지만, 정규교사가 아닌 기간제교사 채용이다. 이럴 순 없다. 이건 배신이다. 장 선생은 따지기 위해 교장실 문을 힘껏 당겼다. 교장은 장 선생이 달려올 것을 미리 알고 있었다는 듯 씩 웃으며 그에게 앉으라고 손짓한다. 그러고는 말한다.

"장 선생, 상심이 크지? 1년만 더 기다리자."

장 선생은 아무 말 안 하고 자리를 박차고 나왔다. 그가 가꾼 화단과 커다란 전정가위로 말끔하게 손질한 향나무가 보인다. 장 선생은 비로소 이 학교에서 그를 채용한 진짜 이유를 알았다. 교직 경력 없는 초짜 기간제교사를 이용하기 위해서다! 장 선생과 같이 교직에 대해 환상을 가지고 있는 철없는 어린애들은 말을 잘 들을 테니까! 장 선생은 교장보다 스스로에게 더욱더 화가 났다. 능력으로써가 아니라 교장 눈에 들어서 정교사가 되겠다는 말도 안 되는 생각을 했다니. 그는 다짐한다.

'내가 가진 능력을 바탕으로 정면승부하는 게 나답다.'

장 선생은 재계약을 했고 그해에는 희망고문에 시달리지 않았다. 대신 학생과 함께하는 시간을 늘리고, 교사의 본업인 수업 연구에 힘썼다. 장 선생은 동북아역사재단에서 예산을 받아 독도 교육에 힘썼다. 도교육청의 지원을 받아 인문학을 연구하는 동아리 활동을 추진했다.

1년 뒤 다시 채용공고가 났지만 역시 정교사 모집 공고는 아니었다. 학교는 장 선생에게 계약 연장을 제안했지만, 그는 이제는 떠나야 할 때라고 판단했다.

장 선생은 사립학교는 관리자의 의중에 따라 시스템이 좌우되는 집단이라고 생각했다. 당시 장 선생이 근무했던 사립학교에는 분명 학교시설을 관리하는 주무관이 따로 있었다. 하지만 그는 이사장과의 친분을 과시하며 학교에서 시간만 때우고 월급을 축내는 좀비였다. 그리고 힘없는 초임 교사나 기간제교사가 그를 대신하여 학교시설물 관리를 도맡았다. 수업 준비에 힘써야 할 교사가 땅을 파고 화단 가꾸는 것을 본업으로 삼는다는 게 말이 되는가? 관리자라는 이유로 학교의 일을 독단적으로 결정하는 월권행위도 근절되어야 한다. 금품을 받고 교사를 채용하는 행위는 절대 인정할 수 없다. 결국 그 피해는 고스란히 학생에게 돌아가기 때문이다.

기간제교사를 부당하게 처우하는 일도 사라져야 한다. 최근 기간제교사의 수는 전국적으로 6,000명을 훌쩍 넘겼고, 계속 증가하는 추세다. 그런데 일부 사립학교는 정교사 채용을 무기로 기간제교사에게 과중한 업무를 강요한다. 하지만 이들도 '같은' 교사다. 학교에서 차별받을 이유가 없다.

장 선생은 이 학교를 떠나면서 같은 듯 달랐던 기간제교사로서의 삶을 다시금 되돌아본다.

p.s. 장 선생이 근무했던 학교와 같이 타락한 사립학교는 극소수다. 대다수의 사립학교는 행정 업무뿐만 아니라 교육의 차원에서도 이미 공립학교의 수준을 상회한다.

보건교사는 학교를 구하는 꿈을 꾼다

몸이 열 개라도 모자란 보건교사의 하루

오늘도 영철이가 임 선생을 찾아왔다. 옅은 미소를 띠고서. 뭔가 바라는 게 있는 듯한 표정이 이젠 익숙하다. 영철이가 임 선생을 찾아온 이유는 바로 얼음팩을 얻기 위해서다. 영철이는 지난 체육 시간에 다친 팔꿈치 통증이 도통 가라앉지 않는다며 오전에 한 번, 오후에 한 번씩 얼음팩을 빌리러 온다.

임 선생은 사고 당시에도 얼음팩과 삼각건으로 응급처치하고 영철이를 직접 병원으로 이송했다. 간호사는 임 선생이 병원에 도착하자마자 대기 순번과 상관없이 영철이를 먼저 진료실로 안내한다. 그곳은 학교에서 응급 사고가 발생할 때마다 자주 이용하는 작은 병원이다. 대기 중인 환자들은 대부분 학생들의 부모나 조부모, 또는 그들의 친구다. 그래서 아픈 학생을 먼저 진료하도록 양보해줄 수 있는 것이다. 의사는 가벼운 타박상을 입은 것이니 안정을 취하면 괜찮을 것이라고 진단했다. 임 선생은 한시름 놓은 뒤 다시 학교로 향한다.

'화장실에 들렀다 갈까?'

다친 영철이 때문에 경황이 없어 화장실 갈 생각도 못 했던 것이다. 그런데 웬걸! 보건실 앞에 우르르 몰려 있는 학생들과 눈이 마주치고 말았다.

"선생님! 어디 갔다 오시는 거예요? 한참 기다렸잖아요!"

학생들은 짜증 섞인 투로 임 선생을 닦달한다. 그렇다! 임 선생은 보건교사다.

"선생님! 파스 주세요."

"저 열 나는 거 같아요."

"머리가 아픈데, 쉬고 싶어요."

원하는 것도 다들 제각각이다. 임 선생은 학생들의 요구에 맞춰 정신없이 약품을 처방한다.

"상희야, 이 정도는 얼음찜질만 해도 충분해."

"광진이는 약간 미열이 있구나. 하지만 해열제를 먹을 정도는 아니야. 우선 조금 안정을 취해보자."

"민정이는 머리가 어떻게 아프니?"

정말 정신없다. 여긴 전쟁터다. 학생들은 쉬는 시간 종이 치면 어떨 때는 열 명 넘게 우르르 달려온다. 임 선생은 학생들의 증상을 살피고 약을 처방한다. 증상이 심하면 담임교사에게 연락하여 학생의 상태를 설명하고, 필요하면 학부모와도 통화한다. 영철이같이 위급한 경우에는 직접 병원으로 이송하기도 한다. 임 선생은 의사에게 학생의 증상을 일목요연하게 설명할 수 있기 때문이다.

아이들이 모두 교실로 돌아간 뒤 임 선생이 목을 축이려고 고개를 돌렸을 때, 연구실 문 앞에 웅크리고 앉아 있는 학생이 보였다. 수진이다.

임 선생이 만든 작은 기적

수진이는 윌슨병이라는 구리대사 장애를 가지고 있다. 윌슨병은 구리가 몸속에서 배출되지 못하고 뇌와 간에 축적되는 유전병이다. 그 때문에 수진이는 언제나 얼굴빛이 누렇고 말하기와 쓰기는 물론 걷는 것도 힘들어한다. 수진이가 학교에 다니는 유일한 이유는 임 선생이다. 특수학급이 없던 때라 수진이는 매일같이 보건실에 들러 임 선생과 대화를 나누며 위로

받곤 했다. 자연스레 보건실은 수진이의 보금자리가 되었지만, 오늘처럼 다른 학생들이 보건실을 차지하고 있으면 수진이는 뒷걸음질 치며 물러선다. 그리고 학생들이 사라진 뒤에야 다시 들어온다. 이러한 모습이 안타까운 임 선생은 여러 차례 수진이에게 말했다.

"수진아! 너의 모습은 다른 거지, 이상한 게 아니야!"

남들과 다른 자신의 몸짓에 주눅이 들어 뒤로 물러서거나 도망가는 수진이를 향해 그녀는 계속 말을 이어간다.

"우리나라에 장애가 있는 사람은 수도 없이 많단다. 전체 인구의 6퍼센트가량은 장애를 안고 있고, 그 수는 300만 명에 육박해. 이 많은 사람이 다 수진이처럼 뒤로 물러선다면 어떻게 되겠니?"

임 선생은 수진이를 격려한다. 그리고 수진이의 애로사항을 듣고 공감하며 함께 해결책을 모색한다. 잘만 된다면 수진이에게 새로운 꿈과 희망을 심어줄 수도 있을 것이다. 다행히 임 선생의 노력은 헛되지 않았다. 수진이는 당당히 앞에 나서서 말하지는 못하지만, 묻는 말에 대답은 잘한다. 이제 친구들을 만나면 옅게 미소 지을 수도 있다. 누군가는 한낱 사소한 일에 불과하다고 말할 수도 있는 이러한 변화가, 오랜 시간 수진이와 동고동락한 임 선생에게는 기적처럼 느껴진다.

수진이는 고등학교를 졸업한 후에도 선생님들에게 인사하기 위해 힘든 몸을 이끌고 1년에 한 번은 꼭 학교를 찾는다. 누가 시켜서 하는 것이 아니라 스스로 원해서 하는 행동이다. 임 선생이 떠난 후에도 수진이의 학교 방문은 계속되었다. 이처럼 수진이가 변화하게 된 것은 가히 임 선생의 기적이라 할 만하다.

보건교사의 희로애락

"선생님! 저는 꼭 간호사가 되고 싶어요."

진서의 꿈은 간호사다. 어느 날 진서는 임 선생이 간호사 출신이라는 것을 알고 도움을 청하러 보건실로 찾아왔다. 환한 미소와 밝은 표정. 임 선생은 진서를 처음 보자마자 딱 간호사감이라고 생각했지만, 먼저 진서가 간호사가 되고 싶어 하는 이유를 알아보고 싶었다. 보통 학생들이 생각하는 간호사의 이미지는 언론에 의해 감상적으로 포장된 것인 경우가 많다. 실제 간호사의 삶은 상상 이상으로 고되고 힘들다. 따라서 무작정 간호사가 되라고 말하기 전에 간호사의 일을 직접 체험하게 해주고 싶었다. 임 선생은 장고에 빠진다. 간호사를 꿈꾸는 학생에게 간호사 업무를 체험시켜줄 방법이 없을까?

임 선생은 고민 끝에 보건 동아리를 구상했다. 그리고 교내 축구 대항전 의료봉사 활동을 계획했다. 임 선생 학교의 교내 축구 대항전은 우승 트로피와 상금이 걸려 있는 학교장배 대회이기 때문에 다들 열심이다. 그래서 평소 출결이 좋지 않고 학교생활에 적응하지 못하는 학생들도 이날만큼은 학교에 나오는 기현상이 벌어지기도 한다.

세상사가 다 그렇듯, 좋은 취지로 만든 대회지만 의도치 않은 사고와 부상자들이 속출한다. 보건 동아리 학생들은 구급함을 들고 경기를 지켜보다가 유사시 가장 먼저 출동한다! 축구 경기 중에 발생하는 부상은 대부분 근골격계 손상이기 때문에 RICE 기법이 요긴하게 사용된다. 이들은 매뉴얼에 따라 환자가 안정을 취하게 하고(rest) 얼음찜질을 한다(ice). 상처 부위를 압박하고(compression) 환부의 위치를 높인다(elevation). 이러한 치료법은 염좌, 타박상, 골절 등에도 요긴하게 사용된다.

보건 동아리는 이밖에도 교내 심폐소생술 교육에서 보조강사 임무를 훌륭히 수행한다. 인근 노인회관 의료봉사 활동도 한다. 물론 의학 지식이 부족한 고등학생들이기에 체온이나 혈압을 측정하는 정도지만, 할머니 할아버지 들은 손주뻘 되는 학생을 만나는 것만으로도 힘이 나시는 듯하다.

임 선생은 이밖에도 동아리 회원들에게 테이핑하는 법, 삼각건 사용하는 법을 교육하고, 보건실에 갖춰진 약품의 성분과 효과를 설명한다. 이 시간들을 통해 학생들은 상상을 넘어, 실제 간호사의 삶을 좀 더 가깝게 체험할 수 있다.

3년 동안 보건 동아리 활동을 함께한 진서는 명문대 간호학과에 합격했고, 지금은 서울에 있는 대형병원에서 간호사로 일하고 있다. 진서는 말한다.

"임 선생님은 제 멘토예요!"

물론 보건교사로서 이처럼 즐겁고 보람 찬 일만 있는 건 아니다. 임 선생은 얼음팩을 빌리러 온 영철이를 크게 혼낸 적이 있다. 영철이가 쓰고 반납한 얼음팩을 확인해보면 찢어져 있을 때가 많았던 것이다. 임 선생이 추궁하면 영철이는 매번 변명한다.

"친구들과 장난치다 그랬어요."

겨울철과 여름철 모두 사용하기 위해 일부러 냉찜질과 온찜질이 모두 가능한 기능성 제품으로 구매한 것인데, 벌써 영철이가 훼손한 얼음팩이 족히 5개는 된다. 더욱 큰 문제는 더 이상 임 선생에게 얼음팩을 빌릴 수 없게 된 영철이가 이제는 힘없는 친구를 '얼음팩 셔틀'로 삼아 대신 얼음팩을 빌려 오도록 시킨다는 것이다. 이건 명백히 학교폭력이다. 임 선생은 자신이 준비한 얼음팩이 학교폭력의 매개체가 되었다는 사실에 화가 났고, 밝고 서글서글한 영철이가 자신 때문에 학교폭력 가해자가 된 것 같아 자책하게 되었다.

"내가 너무 순진했나?"

임 선생은 고뇌에 빠진다. 하지만 곧 좌시할 수 없다는 결론에 이르렀다. 즉시 영철이를 불러 사실관계를 확인하고 사건을 학생부로 넘겼다. 임 선생은 당시를 회상할 때마다 본인의 교직 경력이 부족했던 탓이라고 자책한다.

이쯤 되면 임 선생이 교직에 입문하게 된 계기가 궁금하다. 어느 날 그녀는 영어과 민 선생의 물음에 환한 미소와 함께 자신의 교직 입문기를 털어놓았다.

임 선생은 어려서부터 보건교사를 꿈꿨고, 간호학과에 진학했다. 평소 꼼꼼하고 성실한 성격 덕분에 간호학과에서 좋은 성적을 거둬 교직을 이수했고, 보건 과목 2급 정교사 자격증을 취득했다. 졸업 후에는 서울에 있는 대형병원에서 간호사로 근무했다. 그리고 병원 생활에 익숙해져갈 즈음 어린 시절 꿈을 좇아 임용시험에 도전했고, 고등학교 보건교사로 근무하게 되었다.

처음 교직에 발을 디뎠을 때는 시행착오가 많았다. 임 선생의 교무수첩에는 학생 건강 검사, 정서·행동 특성 검사, 금연교육, 성교육, 감염병 관리, 심폐소생술 등 다양한 보건 관련 업무가 빼곡히 적혀 있다. 문제는 간호사로 근무할 때는 이런 업무를 전혀 경험해보지 못했다는 것이다. 게다가 학교에는 임 선생이 보건 업무에 관해 물어볼 수 있는 선배 교사가 없다. 이 학교에서 보건 업무를 담당하는 사람은 임 선생 하나뿐이기 때문이다. 어쩔 수 없이 인근 학교 보건교사에게 도움을 청하거나, 보건교사 커뮤니티를 활용한다.

임 선생은 그럴 때마다 교무실에 근무하는 동기 홍 선생이 부럽다. 영어과 홍 선생에게는 선배 영어 교사가 세 명이나 있다. 그들은 홍 선생이 수업이나 업무 관련하여 궁금증이 있을 때마다 도움을 준다. 네 명이서 똘똘 뭉쳐 다니며, 영어과 교과협의회, 수업 및 교재 연구, 직무연수 등을 진행한다. 임 선생은 홍 선생에 비하면 자신은 외톨이라는 생각이 머릿속에서 떠나지 않는다.

'급식 아줌마'가 아니고 영양교사입니다

이리 치이고 저리 치이는 영양교사의 하루

오늘도 임 선생이 점심을 먹기 위해 홀로 급식실로 향하는데, 동료이자 친구인 영양교사 양 선생의 얼굴이 심상치 않다.

임 선생이 양 선생의 어깨를 툭 치며 무슨 일 있냐고 묻자 양 선생은 그녀의 손을 잡고 급식실 뒤에 있는 창고로 이끈다. 그리고 심각한 표정으로 입을 뗀다.

"글쎄, 애들이 나보고 아줌마래! 선생님이 아니라 아줌마라고 한다니깐?"

영양교사인 양 선생 또한 학교에서 외로움을 느끼기는 임 선생과 별반 다르지 않다. 아니, 외로운 건 둘째치고 서러울 때조차 있다. 이번에 양 선생에게 서러움을 안겨준 상대는 다름 아닌 영철이다.

며칠 전 점심시간, 양 선생은 급식을 먹고 있는 영철이에게 다가갔다. 평소 밝은 목소리로 인사를 나누던 영철이가 그날따라 어두워 보였기 때문이다.

"영철아, 안녕? 무슨 일 있니?"

그러자 영철이는 톡 쏘듯 답한다.

"상관하지 마세요!"

양 선생의 손을 뿌리치고는 다시 숟가락을 든다. 양 선생은 당황했지만 애써 웃으며 재차 물었다.

"진짜 무슨 일 있구나?"

그러자 영철이는 "아줌마가 무슨 상관이에요!"라고 대꾸하며 먹고 있던 식판을 퇴식구에 처박고 나가버린다. 양 선생은 순간 머리가 핑 돈다. 아줌마라니! 아무리 세상이 변했어도 교사를 '아줌마'라고 부르는 학생이 어디 있단 말인가!

양 선생은 우선 영철이가 왜 화가 났는지를 알아야겠다고 생각했다. 그래서 영철이의 담임교사인 민 선생에게 연락했다. 자초지종을 전해 들은 민 선생은 모두 자신의 불찰이라고, 죄송하다고 사과한 후 곧바로 영철이를 불렀다. 영철이는 불려 온 이유를 눈치채고 묻기도 전에 억울하다는 듯 말한다.

"그 아줌마가 차별하잖아요!"

이 녀석은 아직도 정신을 못 차리고 또 아줌마라고 부른다. 영철이가 기분 상했던 이유도 실은 별것 아니다. 누구는 밥을 많이 주고, 누구는 조금 준다는 건데, 민 선생은 우선 호칭문제부터 정리해야겠다고 생각했다.

"아줌마가 뭐니? 왜 선생님을 아줌마라고 부르는 거니?"

그러자 돌아오는 영철이의 답변은 더 황당하다.

"급식실 아줌마잖아요!"

그렇다! 영철이를 비롯한 대다수 학생에게는 급식실에서 근무하는 영양교사 양 선생이나, 교육공무직으로 근무하는 조리사나 조리원 모두 그저 아줌마일 뿐이다. 그것이 바로 양 선생이 서러운 이유다. 학생들이 자신을 교사로 인정하지 않는 것이다. 원로교사나 일부 일반 교과 선생님 중에도 양 선생을 교사 취급하지 않는 사람들이 있다. 대놓고 말은 안 하지만 양 선생은 알 수 있다. 원로교사 최 선생이 일반 교과 선생님들에게 하는 말이 꼬리에 꼬리를 물고 양 선생 귀까지 전해져 오기 때문이다.

"영양교사는 사범대를 졸업한 것도 아니고, 학생을 가르치는 것도 아니잖아? 급식실에서 밥이나 하는 게 무슨 교사야?"

최 선생은 계속해서 영양교사 관련하여 자기네 일반 교사들이 모르는 중요한 사실이 있다고 귀띔한다.

"영양교사 티오가 한 자리 늘면 일반 교과 교사 티오가 한 자리 빠지는 거 알고 있나? 영양교사 때문에 줄어든 그 빈자리는 누가 채우나?"

들어보니 그럴듯하긴 하다. 최 선생은 대안까지 제시한다.

"급식실에는 급식 업무를 총괄하는 '영양사'가 있으면 돼!"

현행법상으로도 영양사가 영양교사를 대체할 수 있다고 알려준다. 최 선생은 이제 한술 더 떠서 국가 재정까지 걱정한다.

"교사는 국가공무원이고 영양사는 교육공무직인데, 굳이 교사 월급을 주고 영양교사를 채용해야 하나?"

이런 이야기를 전해 들은 양 선생은 억울하다. 본인도 교직을 이수하고 임용시험을 통과한 당당한 교사기 때문이다.

이런 차별이 아니더라도 양 선생은 요즘 날카로워질 대로 잔뜩 날카로워져 있다. 조리원들과의 갈등 때문이다. 조리원들은 대개 학교를 옮기지 않고 한 학교에 오래 근무하기 때문에, 급식실의 터줏대감이 된다. 따라서 나이 어린 영양교사는 이들을 상대하기가 쉽지 않다. 영양교사가 식단표를 작성하면 조리원들은 트집을 잡는다. 아이들 입맛에 맞는 피자나 샌드위치 등을 선보이고 싶어도 따라주지 않는다. 경력이 오래된 조리원들이라 새로운 음식 만드는 것을 주저하기 때문이다. 심지어 "선생님, 칼질은 할 줄 알아?" 하면서 대놓고 영양교사를 무시하기도 한다. 학생과 일반 교과 선생님 들에게 무시당하고, 조리원들까지 따라주지 않아 이래저래 고생이 많은 양 선생이다.

우리도 교사입니다

양 선생이 원로교사 최 선생에게 당한 설움을 임 선생에게 털어놓자, 임 선생도 맞장구친다. 임 선생 또한 최 선생과의 관계문제로 골머리를 썩고 있다. 체육과 원로교사 최 선생은 임 선생이 속한 예체능부의 부장이다. 보건과 체육은 떼려야 뗄 수 없는 상생 교과다. 따라서 최 선생과 임 선생은 긴밀히 협조해야 하지만, 최 선생은 늘상 협조보다는 일방적 지시로 일관한다. 본인의 업무를 임 선생에게 떠넘기는 경우도 다반사다. 예를 들면, 체육과에서 PAPS*를 위해 학생들의 키와 몸무

---

* 학생건강체력평가. 학생들의 비만과 체력 저하를 방지하고자 개발된 건강·체력 관리 프로그램.

게를 측정해야 할 때도 최 선생은 여유만만이다. 비만 예방 교육을 담당하는 보건과에서 BMI*를 측정한다는 것을 알고 있기 때문이다. 따라서 최 선생은 때마다 자료를 공유해달라고 임 선생을 재촉한다. 임 선생은 얄밉지만 안 줄 수가 없다.

이처럼 학교에는 같은 교사인데 다른 교사처럼 여겨지는 경우가 종종 있다. 보통 국어·영어·수학·사회·과학과 같은 주요 교과는 대학 입시에 직결되므로 교사 정원도 많고 우대받는다. 음악·미술·체육과 같은 예체능 과목과 기술·가정 등의 교과 역시 주요 교과에 버금간다. 그 외 농업·공업·상업·항공·미용 같은 전문 과목 교사들도 전문계 학교에서는 국영수 교사들보다 인정받는다. 문제는 비교과라 칭하는 보건·영양·사서·상담 교사다. 이들도 대학 졸업과 동시에 교원자격증을 취득하고 임용시험에 합격한 같은 교사지만, 담임교사에서 제외되고 수업을 하지 않는다는 이유로 편견의 대상이 된다. 양 선생을 서럽게 한 것도 바로 이런 편견이다.

임 선생은 어느덧 15년 차 보건교사로 이제는 경력이

---

* 체질량지수. 체중(kg)을 키의 제곱(m^2)으로 나눈 값을 통해 지방의 양을 추정하는 비만측정법이다.

짧은 보건교사들의 멘토로 활동하고 있다. 신규 보건교사들이 본인이 교직에 첫발을 내디뎠을 당시 겪었던 것과 같은 막막함과 어려움을 느끼게 하고 싶지 않아서다. 그리고 또 다른 꿈을 향해 나아가고 있다. 바로 승진이다. 임 선생은 보건교사도 교감이 될 수 있다는 것을 보여주고 싶다. 학교 내 비교과 교사에 대한 보이지 않는 차별을 종식하는 가장 확실한 방법은 본인이 직접 관리자가 되는 것이라고 생각한다. 교감직이 일반 교과 교사들만의 전유물이 아니라는 것을 보여줄 것이다. 비교과 교사도 일반 교사와 똑같은 교사임을 증명하는 그날, 그녀는 "나도 선생이야!"라고 당당히 외칠 것이다.

2장

오늘도
학교는 총성 없는
전쟁터다

선생님 사이에도 1, 2등이 있다?

전교 1등 상철이의 성적 유지 비결

다시 장 선생의 이야기를 해보자. 희망고문만 하는 시골의 조그마한 사립중학교를 떠나기로 마음먹은 장 선생은 뒤도 돌아보지 않고 학교를 나왔다. 학교다운 학교에서 일하고 싶었다. 그리하여 장 선생은 정면 승부를 택했다. 지난 설움을 극복하려 악착같이 공부에 매진했고, 그 결과 이듬해 임용시험에 합격했다. 지금은 그토록 원하던 정교사로서 인문계고등학교에 발령받았다.

하지만…… 오늘도 어김없이 수업 시작하기가 무섭게 책상에 엎어지는 학생들이 하나둘씩 속출한다. 용케 장 선생을 바라보는 녀석들도 눈가에 영 힘이 없다. 무슨 생각을 하는지 도무지 알 수 없다. 이럴 때면 장 선생도 덩달아 힘이 빠진다.

그렇지만 장 선생은 교사다. 엎드려 자는 학생을 깨우고, 학생들의 주의를 집중시켜야 한다. 한데 오늘 같은 날엔 자꾸만 모른 체하고 싶어진다. 몸이 힘들면 만사가 귀찮아지는 법이다. 장 선생은 말하는 직업이 정말 힘든 일이라는 걸 학교에 와서 알게 됐다.

오늘은 장 선생이 한 주 중 가장 힘들어하는 목요일이다. 1, 2, 3교시 연속 강의라 수업 부담이 크다. 장 선생은 수업할 때면 교실 맨 뒷자리까지 목소리가 또렷이 들리도록 평소보다 아랫배에 힘을 주어 말한다. 그래서 목요일 3교시 중간쯤 되면 힘이 빠지고, 허기가 지며 목소리가 갈라진다. 작년만 해도 수업 중에 마이크를 사용할 수 있었기 때문에 목에 오는 부담이 덜했다. 하지만 최근 타 학급 수업에 방해가 된다는 이유로 마이크 사용 금지령이 떨어졌다. 장 선생은 불만스러웠지만, 어찌할 도리가 없었다. 그래도 기간제교사 시절, 학교인지 식물원인지 구분도 잘 되지 않던 곳에서 막노동하던 시절을 기억하면 이 정도는 불편 축에도 들지 않는다.

3교시 수업이 끝나자 오늘도 어김없이 상철이가 장 선생을 찾아왔다. 사회 수업이 있는 날이면 매번 반복되는 방문인지라 장 선생도 이제는 익숙하다. 상철이는 손에 법과정치 문제집을 들고 있다. 혼자 공부하면서 어려운 부분을 표시해두었다가 오늘처럼 사회 수업이 있는 날에 맞추어 궁금증을 해소하러 오는 것이다. 장 선생은 연속 강의로 인해 녹초가 되었지만, 이토록 공부에 열정을 가진 학생을 보고 있노라면 저절로 힘이 난다. 생각해보라. 요즘같이 사교육이 발달한 시대에 학생이 궁금증을 해소하기 위해 나를 찾아온다는 것처럼 기쁜 일이 어디 있겠는가?

상철이가 처음 장 선생을 찾았을 때, 옆 반 담임교사가 말했다.

"상철이는 탑 클래스예요. 아마 힘드실 거예요!"

장 선생은 당시에는 단순히 상철이의 성적이 상위권이라는 뜻이구나, 라고 생각했다. 그런데 두어 달이 지난 지금은 그 말의 진의를 알게 되었다. 상철이는 머리가 뛰어나게 좋은 편은 아니지만 자기만의 비법으로 사교육의 도움도 받지 않고 전 과목 상위권을 유지한다. 바로 쉬는 시간마다 교과 담당 선생님을 귀찮게 하는 것. 언뜻 듣기엔 "공부가 제일 쉬웠어요" "교과서만 보고 공부했어요" 등 공부 잘하는 녀석들이 흔히 하는 진부한 말처럼 들린다.

하지만 상철이는 정말로 학교에 있는 교과 담당 선생님을 철저하게 이용하여(?) 지식을 쌓는다. 상철이는 수업을 듣다가 애매한 부분이나 의심 가는 대목을 만나면 무조건 교과 선생님에게 달려간다. 상철이는 이렇게 달려가는 과정에서 자연스레 공부가 된다고 말한다. 우선 '궁금하다' '애매하다'고 느꼈을 때 그 내용이 머릿속에 1차 각인된다. 그리고 질문하러 복도를 달려가면서 문제를 다시 머릿속에서 정리하는 과정을 통해 2차로 각인된다. 끝으로 교과 선생님에게 물어 해답을 찾는 과정에서 완전히 내 것으로 저장된다. 그러니까 상철이의 공부 비법은 많이 보고 많이 경험하는 것 그 이상도 이하도 아니다.

상철이는 이러한 끈기를 바탕으로 수단과 방법 가리지 않고 궁금증을 해결한다. 가끔은 장 선생도 이러한 상철이가 무서울 때가 있으니 말 다 했다. 상철이는 교사들에게 언제나 명확한 근거를 가지고 자신을 납득시켜줄 것을 요구한다. 장 선생은 한때 이러한 상철이가 괴롭게 느껴졌던 적도 있었다. 장 선생이 보기엔 두말할 것도 없이 틀린 문제인데 상철이에게는 틀렸다는 근거를 하나하나 설명해야 했기 때문이다. 하지만 지금은 그러한 과정이 스스로에게도 초심을 상기하고 현재 설명하고 있는 이론을 되돌아보는 계기가 된다고 가치 부여하고 있다.

그런데 갑자기 상철이의 사회문화 담당 교사인 조 선생이 인상을 찌푸리더니 퉁명스럽게 말한다.

"너는 우리 학교 선택 교과도 아닌 과목의 문제집을 가져오면 어떡하니?"

그러자 상철이는 익숙하다는 듯 법과정치 문제집을 두 손으로 감싼다. 조 선생이 자신의 방문을 달가워하지 않는다는 걸 아는 것이다. 상철이는 왜 이렇게 눈치를 보게 된 것일까? 얼마 전 이들에게 난처한 사건이 있었기 때문이다.

교사들 사이에서 이루어지는 보이지 않는 신경전

그날 상철이는 울상이 되어 장 선생을 찾아왔다. 사회문화 수행평가에서 조 선생의 편파적인 채점으로 불이익을 당했다는 것이다. '사회문화 현상을 바라보는 관점'에 관해 논술하는 문제였고, 본인은 교과서에 나열된 근거를 모두 제시했는데도 점수가 낮게 나왔다고 했다. 굉장히 난처한 상황이다. 당연히 학생은 수행평가 채점에 이의를 제기할 수 있다. 하지만 자신의 담당 교사에게 이야기해야 한다. 같은 사회과 교사지만 장 선생은 2학년 1, 2, 3반에서 수업하고, 조 선생은 같은 학년 4, 5, 6반을 담당한다. 5반인 상철이의 담당 교사는 조 선생이다. 따라서 장 선생이 상철이의 점수에 대하여 왈가왈부할 수 없는 것이다. 하지만 그렇다고 해서 상철이가 도움을 요청해 왔는데 모른 체하고 그냥 넘어갈 수도 없다.

중고등학교 교사들이 각자 맡은 전공 교과에 관해 갖는 자부심은 하늘을 찌른다. 조 선생 역시 마찬가지다. 그녀는 대학에서 사회교육을 전공하고 임용시험에 통과한 것은 물론, 대학원 석사까지 마쳤다. 장 선생이 그런 그녀를 찾아가서 수행평가 채점표를 보여달라고 할 수는 없다. 그것은 교직사회의 금기사항이다. 물론, 이들은 시험문제를 출제할 때는 서로 협조한다. 수십 명의 출제 위원이 문제를 내는 수능시험에서도 오류가 나는 마당에, 일선 고등학교에서 내는 시험문제에 오류가 없을 수 있겠는가? 교사들은 이를 최대한 막기 위해 다 같이 시험문제를 검토하고, 채점도 공동으로 진행한다.

문제는 정기고사 채점은 공통된 기준표에 의해 정교하게 이루어지는데, 수행평가는 그렇지 않다는 것이다. 특히 논술형 수행평가에는 교사의 주관이 개입될 여지가 상당하다. 그래서 이를 완충하기 위해 매우 관대하게 채점하기는 한다. 즉 핵심이 되는 단어나 그와 유사한 단어가 들어간 경우, 의미가 통하는 경우 등을 모두 정답으로 인정하는 식이다. 다만 이 과정에서 문체나 서술 방식 등에 대한 평가는 담당 교사 개인의 자의적 판단에 맡길 수밖에 없다.

장 선생이 조 선생의 채점 결과에 개입할 수 없는 진짜 이유가 있다. 장 선생과 조 선생은 같은 사회 과목을 가르치는 동료지만, 서로 보이지 않게 경쟁하는 관계이기도 하다. 생각해보자. 한 과목을 두 교사가 함께 가르치는 상황이니만큼, 당연히 학생이나 학부모의 반응이 다를 수밖에 없고 호불호가 갈리는 경우도 생긴다. 물론 정기고사는 교과 담당 선생님들이 모두 함께 출제하기 때문에, 담당 교사가 다르다는 이유로 학생들이 불이익을 겪을 확률은 제로에 가깝다. 하지만 시도교육청이나 유명 입시학원에서 주관하는 모의고사는 다르다. 이때는 담당 교사가 누구냐에 따라 차이가 생길 수 있다. 그렇기에 만약 모의고사에서 학급 간 성적 차이가 극명하게 드러난다면 학생들은 물론, 학부모들에게까지 '아무개 선생님이 수업을 더 잘한다더라' 하는 소문이 퍼지게 된다.

학생을 가르치는 것을 업으로 하는 교사가 "누구는 잘

가르치는데, 당신 수업은 형편없다"는 평가를 받게 된다면 이보다 더 자존심 상하는 일은 없다. 그리고 학생들에게 평가받는다는 건 생각보다 무서운 일이다. 요즘 학생들은 실력 없는 교사가 수업에 들어오면 대놓고 엎어져 자거나, 다른 교과서를 펴놓고 공부를 한다. 이쯤 되면 교사로서의 권위는 바닥이 아니라 지하실까지 떨어진다.

이런 연유로 장 선생과 조 선생은 교과를 분석하고 수업을 준비하는 데서 서로 보이지 않는 신경전을 벌인다. 그렇기에 상철이 같은 우등생이 장 선생에게 찾아와 질문한다는 게 조 선생 입장에서는 상당히 기분 나쁜 일이다. 물론 상철이는 사회문화 과목에 대해 궁금한 사항이 있으면 조 선생에게 간다. 상철이 학급의 사회문화 담당 교사는 조 선생이기 때문이다. 만약 상철이가 장 선생을 찾아와서 사회문화 과목에 대해 질문했다면, 장 선생은 상철이를 조 선생에게 보냈을 거다.

이처럼 안 그래도 장 선생과 조 선생 사이에 눈에 보이지 않는 신경전이 벌어지고 있는데, 장 선생 입장에서 조 선생이 채점한 내용에 대하여 대놓고 나서서 이의를 제기할 수는 없다. 그것은 선전포고나 다름없다. 이럴 수도, 저럴 수도 없는 진퇴양난의 상황 속에서 장 선생은 고민하지 않을 수 없다.

취업부장 황 선생 이야기

농업계고등학교의 특별한 일상

7월에 접어든 교정엔 제법 뜨거운 햇볕이 내리쬔다. 학생들과 함께 유리온실에서 토마토를 수확하던 박 선생은 여름 더위가 성큼 다가온 것을 느꼈다. 이 시기 온실 안은 복사열 때문에 체감온도가 50도를 넘는다. 박 선생은 더는 안 되겠다는 듯 이마에 흐르는 땀을 닦으며 일어서서 말한다.

"토마토 먹을 사람?"

그러자 덥고 힘든 사막에서 오아시스를 갈구하듯 학생들이 여기저기서 손을 번쩍 든다. 학생들도 힘들었을 것이다. 목욕탕 사우나 같은 환경에서 '채소' 수업을 진행하는 박 선생은 좀체 쉴 틈을 주지 않는 것으로 유명하다. 그리고 채소 수업은 교과 특성상 50분 단위로 끊어지는 것이 아니라 네 시간 동안 연속으로 이루어진다. 수업이 진행되는 유리온실은 교실과 거리가 떨어져 있으며, 학생들이 실습복으로 갈아입고 호미와 낫 등 농기구를 준비하는 데도 시간이 많이 소요되기 때문이다. 또한 날카로운 장비를 사용하는 만큼 매시간 안전교육도 해야 하니, 박 선생은 일반 교과와 비교했을 때 수업 준비에만 20분 이상 더 소요된다.

박 선생과 학생들의 노력 덕분일까? 수경재배시설을 갖춘 유리온실에는 빨간 토마토가 방울방울 열렸다. 박 선생은 실습장 냉장고에서 오전에 수확한 방울토마토를 한 움큼 가져온다. 3학년 상길이는 갓 딴 방울토마토를 먹는 이 순간이 가장 행복하다. 시중에서 파는 토마토와는 신선도가 비교도 안 되기 때문이다.

상길이는 얼마 전 마트에서 시들대로 시들어 잎줄기가 하얗게 구부러진 방울토마토를 보았다. 그 뒤로 토마토를 입에 넣기 전 잎줄기를 먼저 바라보는 습관이 생겼다. 마트에 진열된 토마토는 유통 과정에서 여러 사람의 손길이 닿아 쉽게 상하고, 초록색 토마토를 수확하여 이동 과정에서 빨갛게 후숙시켰기 때문에 맛도 덜하다. 반면, 상길이가 방금 집어 든 토마토는 잎과 줄기가 곧고 진한 녹색을 띤다. 그만큼 싱싱하다.

게다가 충분히 영양분을 먹고 빨갛게 익을 때까지 기다렸다가 수확한 토마토라 굉장히 달콤하다. 방울토마토에서 이런 단맛이 날 줄은 몰랐다. 수확의 기쁨이 더해져 더더욱 달디단지도 모르겠다. 상길이가 먹고 있는 토마토는 파종부터 수확까지 학생들이 직접 한 것이다. 토마토 수확의 기쁨이 전해지는 이곳은 바로 농업계고등학교다.

청탁금지법으로 스승의날에 선생님께 카네이션도 드릴 수 없는 요즈음, 상길이는 기발한 아이디어를 냈다.

"우리가 재배한 작물로 카네이션을 만들자!"

상길이는 수업시간에 재배한 작물을 선생님께 드리는 것은 청탁이 아니라고 생각했다. 그래서 학생회 임원들과 상의하여 수업시간에 재배한 상추를 곱게 포장해서 상추 카네이션을 만들었다. 어린싹이 가운데에서 빠끔 고개를 내밀고, 넓은 잎은 그 싹을 겹겹이 감싸고 있는 모양이다. 상길이의 작은 아이디어 하나로 스승의날 행사에 따뜻한 온기가 더해졌다.

상길이의 아이디어는 약간 변형되어 학교 축제나 학부모 공개 수업 때도 활용되었다. 학생들이 직접 재배한 유기농 상추는 인기가 좋다. 가격이 저렴하고, 무엇보다 농약이 한 방울도 들어가지 않아 믿을 수 있기 때문이다. 학교 측에서는 이렇게 학생들이 수확한 작물들을 교직원이나 학부모에게 판매하고 그 수익금을 학생들에게 장학금으로 되돌려준다.

상길이네 반 담임교사 박 선생은 5년 차 농업계고등학교 교사다. 그녀는 모종 시기에 맞춰 학교에다 파프리카, 오이, 상추, 호박 등을 심는다. 취미로 채소를 기르는 게 아니다. 씨앗을 심어 모종을 만들고, 그것을 길러 작물을 교배시키고, 종자를 추출하고, 조직을 배양하고 번식시키는 일 모두가 농업 교과 수업이다.

수업은 학교 실습장 내 밭을 일궈, 고랑을 파고 잡초 매트를 설치하는 것부터 시작한다. 박 선생은 고랑을 일구기 위해 로더에 시동을 건다. 로더의 삽을 이용하여 흙더미를 한쪽 구석으로 옮긴다. 전후좌우로 능수능란하게 운전하는 박 선생의 모습에서는 마치 진짜 농부 같은 여유가 넘친다. 상길이는 이 장면을 볼 때마다 신기하다. 시골에 있는 할아버지가 트랙터를 운전하는 모습이 연상되기 때문이다. 하지만 박 선생은 20대 후반의 여자 선생님이다. 상길이는 자신보다 덩치가 작고 연약해 보이는 담임 선생님이 저렇게 커다란 기계를 움직인다는 게 새롭고 놀랍다. 그러나 아직 놀라긴 이르다. 박 선생은 트랙터와 이앙기는 물론이고 굴착기까지 운전한다. 그녀가 농기계를 운전하게 된 사연을 들어보자.

박 선생은 초임 교사 시절 한동안 학교에서 운영하는 공동실습소로 퇴근했다. 농기계 면허 취득 과정 수업을 듣기 위해서였다. 지금이야 익숙하지만, 처음에는 그녀도 순탄치 않았다. 묵직한 디젤 엔진 소리는 시끄러웠고, 무거운 조향 장치는 안간힘을 써도 돌리기 어려웠다. 골반과 무릎에 묵직한 통증이 올라올 정도로 액셀러레이터를 힘껏 밟아도 농기계의 움직임은 더디기만 했다. 라인에 맞춰 기계를 움직이는 것부터 주차하는 것까지 모두 어려웠다. 박 선생은 이 모든 어려움에도 불구하고 끈기를 잃지 않았기 때문에 이 자리까지 올 수 있었다.

농업고등학교 얌체 교사 황 선생

박 선생과 같은 농업과 황 선생은 3학년 학생의 취업을 총괄하는 직업부장이다. 그는 학생들이 좋은 기업에 취직할 수 있도록 업체 관계자들을 만나러 다니느라 정신이 없다. 특성화고등학교에서 취업률은 학교를 평가하는 데 가장 중요한 요소다. 안 그래도 작은 학교가 취업률마저 떨어진다면 문 닫는 건 시간문제다. 따라서 그에게는 수업보다 출장이 더 중요하다. 온종일 외부에 나가 있을 때가 많고, 지역도 가리지 않는다. 도내 기업이 없으면 수도권으로 눈을 넓힌다. 2학년 부장 사회과 장 선생의 눈에는 이런 황 선생의 모습이 교사보다는 영업사원처럼 보인다. 그래서 안쓰러울 때도 많았는데, 얼마 전 그의 이기심과 얌체 같은 행동이 들통나는 계기가 있었다.

기말고사가 다가오자 연구부 평가 담당 최 선생은 전 교원에게 메시지를 보낸다.

'6월 20일까지 시험지 원안과 문항분석표, 수행평가 일람표를 제출해주시기 바랍니다.'

이 메시지를 받은 교사들은 '드디어 올 것이 왔다'라는 반응이다. 시험 출제부터 문항분석표 작성, 난이도와 배점 조정은 시간이 오래 걸리는 일이다. 한 학기 동안의 수행평가 점수를 입력하고 학생의 서명을 받는 일도 꽤나 번거롭다. 그래도 대부분의 교사들은 상당한 시일이 걸릴 뿐만 아니라 정신적으로도 고된 이 작업을 성실히 수행한다. 그런데 문제는 황 선생이다. 항상 학교 밖으로 나도는 황 선생이지만 당연히 담당하는 학급이 있고 수업도 있다. 그래도 다른 교사는 주당 20시간 내외의 수업 시수를 소화하지만, 황 선생은 특성화 고등학교에서 취업을 담당하는 중책을 맡고 있으므로 특별히 주당 5시간만 맡으면 된다. 그래도 수업하는 것은 마찬가지이므로 예외 없이 위의 문서를 모두 제출해야 한다. 만약 황 선생 한 사람만 시험문제를 제출하지 않아도 모든 교과목 시험이 불가능해진다.

그런데 황 선생은 6월 20일이 지나도 응답이 없다. 결국 최 선생은 황 선생에게 다가가 말을 건넸다.

"선생님! 바쁘시죠? 시험 출제는 하셨나요?"

그러자 황 선생은 대뜸 "내가 얼마나 바쁜 사람인데! 그걸 어떻게 해!"라고 소리를 지른다. 불량 학생 가르치듯 삿대질까지 한다. 그것도 교무실에서 말이다. 주변에 있는 동료 교사들이 어쩔 줄 몰라 하며 이 둘을 바라보고 있는데, 최 선생이 다시 말을 잇는다.

"아니! 선생님 바쁘신 건 아는데, 기말고사가 코앞이니 시험문제 원안을 제출해주셔야 하잖아요!"

그런데 황 선생은 들은 척도 안 하고 휑하니 나가버린다. 방귀 뀐 놈이 성낸다고, 잘못은 본인이 했으면서 혼자서 화를 내고 나가버린 것이다. 무엇보다, 황 선생은 30대고 최 선생은 50살이다. 새파랗게 어린 후배 교사가 자신에게 막말하는 것을 보고, 최 선생은 기가 차서 말도 나오지 않는다.

황 선생, 너는 다 계획이 있었구나?

이쯤에서 황 선생의 교직 입문기를 알아보자. 황 선생은 교장으로 근무하는 아버지의 영향으로 교직에 뜻을 품게 되었다. 황 선생 부친은 아들에게 교사라는 직업을 물려주고 싶었지만, 아들의 성적이 그의 꿈을 따라오기 버겁다는 사실을 알고 있었다. 그래서 아들에게 시간과의 싸움을 제안했다.

황 선생의 부친은 각 교과 전공별로 정년이 몇 년 남지 않은 50대 후반 교사들의 인원수를 파악했다. 그리고 전문계 교과목 티오를 살펴, 농업계 교사 티오 그래프가 최근 5년간 절벽을 그렸음을 알아냈다. 황 선생의 부친은 과목이 없어지지 않는 한 농업 교과의 티오는 향후 5년 내에 급증할 것이라고 판단했다. 단순히 넘겨짚은 것이 아니다. 나름 과학적으로 분석했다. 임용시험 티오는 퇴직자 수만큼 늘어나기 때문이다. 그리하여 황 선생의 전공은 농업 교과가 되었다. 그리고 하늘이 도운 걸까? 황 선생의 부친이 예언한 대로 황 선생이 대학원을 졸업하던 해와 그 이듬해 농업직 교사 티오는 소위 말하는 '대박'이 났다. 평소 30 대 1이었던 교사 임용시험 경쟁률이 그해에는 5 대 1로 거의 반의반 토막이 난 것이다.

이처럼 운 좋은 사람이 또 있을까? 남들은 대학 졸업 후 이삼 년 동안 모든 것을 포기하고 공부해도 50 대 1의 경쟁률에 고배를 마시는데, 5 대 1은 거의 신의 경쟁률이다. 일반 교과 임용 수험생은 새벽같이 일어나서 노량진 학원의 앞자리를 차지하기 위해 줄을 선다. 조금만 늦어도 강의실 앞자리는 만원이고, 최악의 경우 맨 뒤에서 강의실 안에 설치한 모니터를 보고 강의를 들어야 한다. 오전 강의가 끝나면 컵밥으로 끼니를 때우고 독서실로 향한다. 독서실에서는 책장 넘기는 소리 하나 들리지 않는다. 공부 스트레스로 예민할 대로 예민해진 수험생은 조금의 소음도 용납하지 못한다. 무심코 책장을 넘겨댔다가는 화장실 다녀온 사이에 포스트잇 테러를 당하게 될 것이다.

'공부 혼자 합니까? 매너 좀 지킵시다! 계속 시끄럽게 굴면 신고할 겁니다!'

저녁은 3,000원짜리 식권으로 해결하고, 밤이 깊어서야 고시원으로 돌아온다. 침대 하나 딸랑 놓여 있을 뿐인 고시원 방은 창문도 없는 감옥이다. 하지만 굳이 비싼 돈 들여 좋은 고시원에 들어갈 필요가 없다. 이곳에서는 잠시 눈만 붙일 뿐, 몇 시간 후면 또 학원으로 향해야 하기 때문이다.

노량진 수험생활을 겪어보지 않은 사람은 5 대 1의 경쟁률이 얼마나 어마어마한 행운인지 모른다. 치열하게 공부했는데 본인이 전공한 교과의 티오가 사라져 시험 볼 기회조차 잃어버린 사람들도 있다. 그렇다면 과연 황 선생은 5 대 1의 행운을 잡았을까? 아쉽게도 탈락했다. 그렇지만 그는 낙담하지 않았다. 그에게는 시험 실패를 대비한 차선책이 있었다. 바로 사립학교다.

황 선생의 부친은 아들이 임용시험에서 낙방할 것을 대비해 끊임없이 사립학교와 교류하며 아들을 사립학교에서 원하는 교사상으로 만들어왔다. 하지만 그렇다고 해서 사립학교에 들어가기가 쉬운 것도 아니다. 사립학교 교사가 되는 것은 임용시험 경쟁률 5 대 1과는 비교할 수도 없는 천운이다. 사립학교는 학벌이 좋다고, 강의 실력이 뛰어나다고 해서 들어갈 수 있는 곳이 아니다. 3대가 덕을 쌓아도 들어가기 힘든 난공불락이다. 이 어려운 것을 황 선생과 그의 아버지는 해냈다. 황 선생은 처음에 시골에 있는 작은 학교에 들어갔다. 그런데 황 선생이 들어간 학교는 그가 근무하기 이전부터 학생

수가 시나브로 줄어들더니, 그가 3년 차가 되었을 때 인근 학교와 통폐합되고 말았다. 이렇게 되면 도교육청은 통폐합된 사립학교에 근무하던 교사들을 대상으로 공립학교 특별채용을 진행한다. 황 선생은 이 제도를 통해 공무원이자 국공립학교 교사가 되었다. 황 선생 행운의 끝은 과연 어디인가?

아무리 취업률이 중요하다지만

최 선생과의 다툼이 있은 지 얼마 지나지 않아, 또다시 황 선생의 인성을 드러내는 사건이 벌어졌다. 바로 취업지원관 탁 선생과의 갈등이다. 학교는 학생들의 취업을 위해 산업체에서 근무했던 그를 경력직으로 채용했다. 그의 주된 업무는 산업체 인맥을 동원하여 취업을 알선하며, 황 선생 대신 기업체를 방문하는 것이다. 이제 학교 외적 기업 업무는 탁 선생이 담당하고 황 선생은 교사 본연의 업무인 수업에 좀 더 집중할 수 있는 구조가 되었다. 그런데 가장 가깝게 지내며 협력관계를 유지해야 할 이들 사이에 불협화음이 발생하기 시작했다.

하루는 탁 선생이 자신의 부서장인 황 선생에게 말을 건넸다.

"부장님! 이번 달 근무확인서 부탁합니다."

황 선생이 탁 선생이 근무한 시간과 날짜를 확인해줌으로써 급여가 지급되는 시스템이기 때문이다. 그런데 황 선생의 답변은 어쩐지 익숙한 말이다.

"내가 얼마나 바쁜 사람인지 알아?"

본인은 바쁘기 때문에 시답잖은 근무확인서 따위를 작성할 시간이 없다는 것이다. 탁 선생은 물론, 듣고 있던 장 선생까지 경악을 금치 못했다. 막말로 당신이 바쁘면 얼마나 바쁘다고! 과거 자동차 세일즈맨처럼 이리저리 뛰어다니느라 바쁜 황 선생을 보고 애잔함을 느꼈던 장 선생이지만, 이젠 그도 황 선생에게 서서히 실망하기 시작했다. 언제나 혼자서 바쁜 척하며 본인 일을 다른 교사에게 전가하는 게 눈에 보이기 때문이다. 앞서 최 선생과의 사건도 그렇다. 장 선생은 그문제가 교감 선생님 중재로 해결된 줄 알았다. 그런데 알고 보니, 황 선생 대신 신규 교사가 시험문제를 출제해주었다고 했다. 게다가 지금은 취업지원관이 채용되어 황 선생의 업무가 대폭 감소하였다. 그럼에도 불구하고 본인은 바쁘다는 핑계로 학교 일에 협조하지 않는 것이다.

장 선생은 담임 업무와 학년부장 업무, 생활기록부까지 담당하는 학교 최고의 일꾼이다. 인성도 바르기 때문에 동료 교사들로부터 칭찬이 자자하다. 이런 장 선생이 탐탁지 않게 생각하는 유일한 사람이 바로 황 선생이다. 학교 업무를 등한시하고 학생들을 제쳐놓은 채 출장비를 축내며 이리저리 돌아다니는 모습이 꼴 보기 싫다. 장 선생이 경험한 출장은 교과 모임을 위한 연수나 교과협의회 등 학교로 공문이 발송되는 공식적인 행사뿐이다. 이런 생활을 15년간 해온 장 선생에게 황 선생의 행적은 의문투성이였다. 그러던 어느 날, 마침내 장 선생은 생활기록부 작성 문제로 황 선생과 부딪히고 말았다. 황 선생이 잠자는 장 선생의 코털을 건드린 것이다.

한 해가 마무리되어갈 즈음 장 선생은 "황 선생! 아직 생활기록부 마감 안 했네?"라고 말하며 그에게 다가갔다. 이에 대한 황 선생의 대답은 여러분이 생각하는 바로 그거다.

"제가 좀 바빠서요."

장 선생은 이미 그럴 줄 알고 있었다는 듯이 차근차근 설명한다.

"생활기록부 마감해야 학기가 끝나잖아. 알면서 왜 그래?"

하지만 황 선생은 미동도 안 한다. 장 선생은 드디어 폭발한다. 참을 만큼 참았고 이번에는 그냥 넘어가지 않겠다며 결의를 다진다. 이번 기회에 황 선생의 핑계 대는 버릇을 싹 뜯

어고쳐줘야겠다. 장 선생은 작심한 듯 캐묻기 시작했다.

"대체 너는 뭐가 그리 바쁘냐? 왜 항상 너만 바쁘냐?"

장 선생의 눈에 황 선생의 일은 공문서도, 보고서도, 기획안도 남지 않는 일이다. 내부 결재도 받지 않고 자료도 집계되지 않는다. 아무 일도 하지 않고 주야장천 밖으로 싸돌아다니기만 하는지 누가 아느냔 말이다. 하지만 황 선생도 여기서 물러날 위인이 아니다.

"야! 네가 모르는 업무가 있다. 내가 가는 출장은 학교 수업의 연장이야."

이 둘의 싸움은 끝내 결론에 이르지 못했다.

장 선생은 교직생활을 하면서 황 선생 같은 교사가 은근히 많다는 걸 알게 되었다. 모든 교사는 수업뿐만 아니라 행정 업무도 담당하는데, 유독 황 선생같이 담임교사 업무를 맡지 않고 수업도 최소한으로 맡는 교사들이 있다. 무엇보다이들은 여러 개 학년을 동시에 담당하지 않는다. 똑같이 세 학급을 맡는다 해도 교사 한 명이 한 학년에서 세 개 반을 수업하는 것과 학년별로 한 학급씩 수업하는 것은 천양지차다. 후자는 시험문제도 세 배, 수행평가도 세 배, 각종 서류도 세 배로 제출해야 해서 훨씬 골치 아프다. 무엇보다 수업 준비를 세 배로 해야 한다는 게 가장 부담이다. 이러한 사실을 잘 알고 있는 황 선생은 절대 서로 다른 학년을 맡지 않는다. 흔히 말하는 얌체족이다.

학교에서 황 선생을 바라보는 시각은 두 부류다. 우선 박 선생 같은 농업과 교사들은 취업을 목표로 하는 특성화고등학교 업무 특성상 잦은 출장은 불가피하다는 견해다. 을의 입장인 학교가 갑인 기업체를 찾아가 우리 학교 학생을 포장하고 취업처를 발굴하는 것은 말로 표현하기 어려울 정도로 힘든 일이다. 따라서 학교 업무에 소홀할 수밖에 없다는 견해다.

반면 두 번째 입장은 황 선생의 교사로서의 자질을 지적하는 것으로 시작한다. 교사라면 학생의 수업을 위해 노력하는 것이 기본이다. 학교 측에서도 황 선생을 충분히 배려하고 있다. 일반 교사는 20시간 가깝게 수업을 하는데 황 선생은 5시간으로 줄여주었고, 담임 업무도 배제했다. 더군다나 황 선생의 업무를 보조하는 취업지원관까지 채용했다. 그랬는데도 출장 핑계 대며 기본적인 업무조차 내팽개친단 말인가? 하물며 바쁘다는 이유로 선배 교사에게 막말을 하거나, 동료 교사를 무시하는 처사는 있어서는 안 될 일이다.

선생님! 주사님! 여사님!

행정의 달인, 김 주무관

어느 오후, 2학년 민우가 행정실 문을 박차듯 열어젖히며 외친다.

"주사님!"

"주사님?"

민우는 순간 아차 싶다. 행정실 김 주무관의 얼음장 같은 시선과 딱 마주쳤기 때문이다. 민우는 며칠 전에도 같은 일로 김 주무관에게 혼쭐이 났다.

요즘 김 주무관은 학생들이 자신을 '주사님'이라고 부를 때마다 잔뜩 예민해진다. 그녀는 학교 행정실에서 근무하는 교육행정직 공무원으로 직급상 '주사보'에 해당한다. 행정실 공무원에는 직급이 가장 높은 '행정실장'이 있고, 그 아래로

'주사보' '서기' '서기보' 등이 존재한다. 하지만 보통 때에는 '주무관'이라고 통일해서 부르는데, 주무관이란 학교에서 주로 회계, 물품 구매, 시설 관리 등의 업무를 수행하는 실무자를 통칭하는 말이다. 엄밀히 말해 '주사님'이란 호칭은 김 주무관을 낮춰 부르는 말이다. 그뿐만이 아니다. 학교에 근무하는 교사와 교육행정직원, 교육공무직원 사이의 복잡한 관계 문제도 있다.

김 주무관은 교사들 사이에서 '행정의 달인'으로 불린다. 곧 있을 체육대회 준비가 순조롭게 마무리되어가던 어느 날, 체육과 김 선생이 그녀에게 도움을 청했다.

"주무관님! 줄넘기랑 팀 조끼가 20개씩 필요해요!"

대개 학교 행사에 필요한 물품이 있으면, 교사는 구매 목록을 작성하여 결재를 받는다. 그리고 행정실 주무관은 해당 물품을 구매한다. 대체로 물품 구매는 늦어도 행사 일주일 전에는 완료된다. 그런데 김 선생은 뒤늦게 자신이 줄넘기와 조끼를 빼먹고 결재했다는 것을 깨닫고, 급히 행정의 달인 김 주무관을 찾은 것이다. 보통 3일에서 일주일까지도 걸리는 물품 구매 업무를 김 주무관은 한나절 만에 끝냈다. 김 주무관의 능력은 여기서 끝나지 않는다. 그녀는 교사들이 신청한 초과근무수당을 매달 1원도 틀리지 않고 정확히 지급한다. 방과후 수업료나 수학여행 경비 등도 착오 없이 수금한다. 정말 행정의 달인이라 불릴 만하다.

그러던 어느 날, 김 주무관은 농업과 황 선생에게 다가가 다짜고짜 따지기 시작했다. 좀처럼 볼 수 없는 장면이라 장 선생은 그들의 대화를 유심히 살폈다.

"이렇게 품의하시면 어떡해요!"

황 선생은 품의서에 구입할 물건을 정확히 명시하지 않았고, 무엇보다 허용된 예산 범위를 넘었다. 이러면 김 주무관은 한 번에 끝낼 일을 두 번, 세 번에 걸쳐 하게 된다. 김 주무관은 짜증이 난다. 다른 선생님들은 필요한 물건이 있으면 스스로 주문하기 때문이다. 예를 들면, 장 선생은 상장 용지가 필요하면 문구점에 전화를 걸어 재고를 파악하고, 가격에 맞춰 결재를 올린다. 이 선생도 학급 운영 물품이 필요할 때면, 지마켓이나 11번가 등 인터넷 쇼핑몰에 학교 아이디로 로그인하여 물건을 장바구니에 담아놓는다. 그러면 김 주무관은 품목을 확인하고 법인카드로 간단히 결제한다. 그런데 유독 농업과 황 선생이 올린 문서를 처리할 때면 수고가 배로 든다. 게다가 더 참을 수 없는 건 황 선생이 자꾸 자신을 '주사님'이라고 부른다는 거다.

학교 사람들이 김 주무관을 부르는 호칭은 다양하다. 교장, 교감을 포함한 교사들은 자신을 '주무관'이라고 부른다. '선생님'이라고 부르기도 한다. 하지만 정년이 얼마 남지 않은 원로교사들은 이따금 김 주무관을 '주사'라고 부른다. 발령 초기, 한 원로교사가 김 주무관에게 "김 주사! 방과후 수업비 언제 나와?"라고 물은 일이 있었다. 김 주무관은 약간 기분이 상했지만, 옛날에는 학교 행정실 직원을 '주사'라고 불렀다는 사실을 기억하며 이해하고 넘어갔다. 30년 넘게 부르던 습관을 하루아침에 바꿀 수는 없을 테니 말이다. 그런데 황 선생이 자신을 '주사님'이라고 부르는 것은 도저히 못 듣겠다. 그녀는 문득 지난날을 생각했다. 그들의 인연은 대학 시절까지 거슬러 올라간다.

김 주무관과 황 선생, 그 불협화음의 역사

김 주무관과 황 선생은 같은 대학 농업학과 한 학년 차이 선후배인데, 대학 시절 이들의 생활은 극과 극을 달렸다. 집안 형편이 어려웠던 김 주무관은 학비와 용돈을 스스로 해결하기 위해 대학 4년 내내 학업과 아르바이트를 병행했다. 고깃집, 커피숍, 편의점, 치킨집 등 안 해본 일이 없다. 악바리 김 주무관은 힘들게 4년을 보내며 틈틈이 공부한 끝에 졸업과 동시에 꿈꾸던 공무원 시험에 합격했다. 그리고 작년에 이 학교에 발령받았다. 그런데 학교에 와보니 반갑지 않은 사람이 눈에 보인다. 바로 황 선생이다.

황 선생은 대학 시절 공부보다는 유흥을 즐기던 후배였다. 오전 수업은 늘 결석이나 지각이고, 조별과제를 제출할 때도 무임승차하기 일쑤였다. 더욱더 화가 나는 건 졸업 후 교사가 되겠다고 공공연하게 떠들고 다니는 그의 근거 없는 자신감이었다. 그는 학과 성적이 부족해 교직이수를 하지 못하게 되자, 아버지 뜻에 따라 교육대학원에 진학하겠다고 했다. 얼토당토않은 황 선생의 꿈에 당시 김 주무관은 콧방귀를 뀌었다. 어떻게 그런 망나니가 선생이 될 수 있단 말인가? 그런데 황 선생은 지금 이렇게 교사로 근무하고 있다! 어쩜 세상이 불공평해도 이렇게 불공평할 수 있을까?

황 선생 입장에서도 할 말이 있다. 김 주무관은 대학 시절부터 똑 부러졌는데, 지금도 옛날 그대로다. 그래서 그럴까? 황 선생은 김 주무관 앞에만 서면 주눅이 든다. 서류를 작성할 때도 유독 실수가 잦다. 이상하게 그녀만 만나면 일이 꼬인다. 황 선생이 김 주무관을 '주사님'이라고 부르는 것은 그만의 소심한 복수다. 그런데 김 주무관은 그럴 때마다 과하다 싶을 정도로 격렬한 반응을 보인다. 왜 그럴까?

학교에서 '선생님'이라고 불리는 경우는 보통 세 가지다. 첫째는 일반 '교사', 둘째는 행정실에서 근무하는 '행정직 공무원', 마지막은 행정 업무를 보조하는 '교육공무직원'이다. 이들은 그저 업무가 분화되어 있을 뿐, 우열 관계는 없다. 그렇다면 급여 체계는 어떨까? 초·중등교육법 제14조는 '교원의 경제적·사회적 지위는 우대되고 그 신분은 보장된다'라고 규정하고 있다. 이로 인해 교사의 급여가 약간 더 높다. 또한, 같은 법 20조에 교사는 '법령'에 따라 일하고, 행정직원은 '교장의 명'에 따라 일한다는 조항도 있다. 물론, 이 독소조항은 논란 끝에 2012년 삭제되었지만, 교사와 행정직 공무원 간의 화합은 아직도 해결하기 어려운 숙제다.

따라서 김 주무관이 황 선생을 바라보는 시선이 고울 리 없다. 본인보다 경력이 짧고 능력도 부족한데, 급여는 더 많다. 일반적으로 학교장은 공무원 4급 수준으로 본다. 행정실장은 5~6급 정도다. 그렇다면 교사는 공무원 직급상 어디에 해당하는가? 김 주무관과 교사의 관계는 애매하기 짝이 없다. 따라서 김 주무관은 평소 소신대로 결론을 내렸다. 자신은 황 선생의 업무를 '지원'하는 역할이라고 말이다.

사실 김 주무관과 교사의 직급상 우열을 따지는 것 자체가 우습다. 그녀에게 업무를 지시하는 사람은 상급자인 행정실장이지, 교사가 아니기 때문이다. 이것으로 김 주무관은 교사와의 어색한 관계를 정리했다. 하지만 진짜 문제는 교사가 아니다. 바로 강 주사다. 행정의 달인 김 주무관은 올해 다른 학교로 전보를 신청할 예정이다. 더 이상 강 주사와 부딪히고 싶지 않기 때문이다.

강 주사의 만행

강 주사는 엄밀히 말하면 공무원이 아니다. 과거 '급사' '사환'이라 하던 학교 업무 보조 인력인데, 20년 전 육성회 직원으로 채용되어 지금은 '교육공무직원'으로 불린다. 고졸 출신인 그는 동네 이장님 추천으로 학교에서 근무하게 되었다. 교육청이 아니라 학교가 자체 채용한 사람이기 때문에, 급여는 학생들이 내는 육성회비로 충당한다. 그의 업무는 학교시설물 관리다. 강 주사는 출근하면 울퉁불퉁한 운동장을 평탄하게 고르고 수목을 단장한다. 복도나 교실 유리창이 깨지거나 교문이 안 움직일 때도 나선다. 정기고사 시험지도 인쇄한다.

과거에는 겨울에 난로를 설치하고 조개탄을 공급하는 일도 했다. 그런데 시간이 지나며 조개탄이 등유로 바뀌었고, 이제는 버튼 하나로 냉난방을 조절할 수 있게 되었다. 세상 참 좋아졌다. 냉난방 시스템이 변화한 것처럼, 강 주사가 이 학교에서 20여 년 근무하는 동안 그가 하는 일도 많이 변했다. 이제 그는 교실 유리창이 깨지면 철물점 사장을 호출한다. 운동장은 농기계 업체가 트랙터를 가져와 주기적으로 관리한다. 교내 수목 관리는 조경업체에 일임한다. 이처럼 웬만한 시설 관리는 용역회사와 계약을 맺어 처리한다. 게다가 교육청이 시설 관리를 전담하는 공무원을 학교에 배정했기 때문에, 강 주사는 자연스럽게 사무를 보는 행정실무사가 되었다. 이것으로 교육행정직 공무원인 김 주무관과 강 주사가 하는 일은 엇비슷해졌다. 따라서 서로 긴밀히 협조해야 하는 가까운 관계임에도, 이들은 무려 3개월째 서로 인사도 안 하고 있다. 대체 이들에게는 무슨 일이 있었던 걸까?

김 주무관이 바라본 강 주사의 첫인상은 나쁘지 않았다.

40대 중반을 바라보는 그는 상냥하지는 않지만 그렇다고 불친절하지도 않았다. 김 주무관은 전임자로부터 강 주사가 자기주장이 강한 편이라는 말을 들었지만, 하는 업무가 다르니 크게 신경 쓸 일 없을 것이라고 생각했다. 그런데 일이 터졌다. 김 주무관이 출장비를 정산했는데, 강 주사가 버럭 화를 내는 것이다.

"출장비 틀렸잖아요!"

강 주사가 교육청으로 1박 2일간 출장을 다녀왔는데, 김 주무관이 출장비를 하루치만 지급했다고 했다. 하지만 김 주무관은 매뉴얼대로 출장비를 지급했다.

"공문을 보니 하루짜리 출장이던데요?"

김 주무관이 공문을 보여주며 설명하는데도, 강 주사는 실제로는 다음 날까지도 교육이 진행됐다며 막무가내로 출장비를 더 내놓으라고 우겼다. 김 주무관이 원칙상 공문에 명시된 출장비 이외에는 지급할 수 없다고 잘라 말하자, 강 주사는 상욕을 퍼붓고 나가버렸다. 강 주사는 이날 이후로 사사건건 김 주무관의 업무를 들춰내 트집을 잡았다. 더욱더 참을 수 없는 건 나이도 어린 것이 버르장머리 없다는 둥, 공무원 시험에 어떻게 합격했는지 모르겠다는 둥 하며 김 주무관을 무시하고 가르치려 든다는 것이다. 정작 강 주사 본인은 업무를 다 비웠으면서 말이다.

육성회 직원으로 이 학교에서 정년까지 근무할 수 있는 터줏대감인 강 주사는 10년 전부터 공무원 인사 발령이 날 때마다 자신의 업무를 하나씩 덜어왔다. 본래 행정직 공무원은 학교 회계를 담당하기 때문에, 부정을 예방하기 위해 인사이동이 잦은 편이다. 김 주무관도 한 학교에서 짧게는 1년 반, 길게는 3년까지만 근무할 수 있다. 강 주사는 이 점을 포착하여 자신의 업무를 새로 전입해 온 행정직 공무원에게 하나씩 넘겨왔다. 심지어 교사에게도 업무를 떠넘긴다. 강 주사는 새로 전입해 온 교사에게 공기청정기 관리 업무를 전가했고, 이듬해에는 교내 정수기 관리를 보건교사에게 전가했다. 또 그다음 해에는 교내 CCTV 관리를 학생부 교사에게 전가했다.

문제는 이런 식으로 한번 넘긴 업무는 절대 다시 되돌아오지 않는다는 것이다. 교사도 인사이동이 잦고, 새로 발령받은 교사는 전임자의 업무를 그대로 인계받는다. 따라서 강 주사가 넘긴 업무는 영원히 해당 교사의 업무로 남게 된다. 그 텃세를 못 이기고 해마다 학교를 떠나는 교사와 행정직 공무원도 여럿이다.

강 주사가 이번에 텃세를 부린 상대는 체육과 김 선생이다. 그러나 평소 소신이 완강한 김 선생은 곧장 행정실로 달려간다.

"강 주사! 너 나와!"

두 사람은 밖으로 나가 서로 멱살을 잡고 상욕까지 해가며 싸운다. 행정실장이 중간에서 그들을 말리는데, 다행히 금요일 오후라 학생들은 모두 하교한 상태다.

"내가 그랬다고?"

강 주사가 자기 마음대로 동네 주민들이 학교 강당을 사용할 수 있도록 열쇠를 쥐여줬다는 것이다. 김 선생으로서는 상상할 수 없는 일이다. 자신의 교실인 강당을 허락도 없이 개방한 것도 기분 나쁘지만, 본래 교내 시설물을 주민에게 개방할 때는 사용료를 받고 적법한 절차를 거쳐야 한다. 그런데 강 주사는 주말이나 휴일에 교사가 출근하지 않는다는 걸 이용하여 학교시설을 본인 마음대로 사용했다. 그렇게 한바탕 싸우고 이듬해 김 선생은 학교를 떠났다. 싸워봤자 고쳐질 일이 아니라는 판단 때문이었다.

강 주사는 영어과 민 선생에게도 텃세를 부렸다. 하루는 민 선생이 학교 내 CCTV 설치를 행정실에서 담당해야지 왜 학생부실로 넘겼냐고 문제 제기했다. 행정실장 역시 학교시설을 관리하는 강 주사가 담당하는 게 맞다고 했지만, 강 주사는 요지부동, "작년에도 학생부실에서 했습니다!"라고 말하며 단호하게 거절한다. 자신의 업무가 아니란 거다. CCTV 모니터가 학생부실에 있으니, 설치 및 관리도 학생부실에서 담당하라는 논리다. 어쩔 수 없이 학교장이 나서서 업무를 지시했지만, 강 주사는 안하무인이다.

"막말로, 교장이 날 자를 수 있어?"

해마다 계약을 연장하던 때는 교장의 지시를 어길 수 없었다. 그런데 10여 년 전 교육공무직 단체 협상 자리에서 행정실무사, 교무실무사, 조리종사원 등의 무기계약직 전환이 이루어졌다. 이제 고용 걱정도 사라졌기 때문에 강 주사는 교장에게까지 대들 수 있게 된 것이다. 결국 CCTV 설치업무도 민 선생이 그대로 이어받았고, 그도 이듬해 학교를 떠났다.

김 주무관이 강 주사를 싫어하는 이유가 또 있다. 그건 급여 체계다. 교무실무사, 영양사, 조리사 등 다른 교육공무직원들은 모두 연봉제를 적용받는다. 이에 반해 강 주사는 공무원과 똑같은 호봉제를 적용받는다. 공무원 급여 체계에 따라 급여 및 수당을 받기 때문에 연차가 조금만 쌓여도 300만 원이 넘는 급여를 받는다. 강 주사는 김 주무관보다 훨씬 많은 급여를 받는다. 김 주무관 입장에서는 수십 대 일의 경쟁률을 뚫고 공무원 시험에 합격한 자신이 동네 이장님 소개로 학교에 들어온 강 주사보다 적은 급여를 받는 것은 불합리하다는 생각을 떨칠 수 없다.

김 주무관은 더는 이 학교에 남고 싶지 않다. 안하무인에 막무가내인 강 주사를 이길 방법이 없기 때문이다. 절이 싫으면 중이 떠나야 한다는 말만 마음속으로 되뇐다. 앞서 민우가 김 주무관을 주사님이라고 불렀다가 혼났던 것과, 대학 후배 황 선생이 그녀를 주사님이라고 부르는 것으로 소심하게 복수했던 것을 기억할 것이다. 이러한 상황들에서 김 주무관이 화를 낸 진짜 이유는 바로 강 주사야말로 진짜 '주사님'이기 때문이다.

학교에는 교사와 교육행정직 공무원 그리고 교육공무직원이 있다. 이들의 역할은 저마다 다르지만, 결국 학생들을 위한 일이라는 점은 마찬가지다. 서로 밥그릇 싸움만 하는 것보다 더한 꼴불견은 없다. 지금이라도 이 세 집단이 상생할 방안을 마련해야 한다. 학생을 볼모로 자신이 속한 집단의 이익을 실현하려는 행위는 용서받을 수 없다.

p.s. 모든 교육공무직원이 강 주사처럼 행동하는 건 아니다. 강 주사와 같은 막가파는 극소수에 불과하다. 대부분은 책임감을 갖고 학교 행정 업무에 성실히 임하고 있다. 이제는 교육공무직원이 없다면 학교가 제대로 운영될 수 없을 정도다. 즉 이들도 다 같은 '선생님'인 것이다.

3장

학교도
사람 사는
세상입니다

학교에 드리운 검은 그림자, 학교폭력

창원이와 준규의 학교폭력 사건

최근 들어 학교폭력의 수법이 교묘해지고, 그 정도도 심화하고 있다. 언론에 비친 학교폭력은 빙산의 일각일 뿐이고, 실제로는 훨씬 많고 다양한 폭력이 존재한다. 게다가 그 수위와 잔인성은 이게 정말 10대 학생이 저지를 수 있는 사건인가 싶을 정도다. 물론 지극히 소소한 사건들도 많다. 학교폭력 문제 해결을 담당하는 체육과 김 선생은 하루도 바람 잘 날이 없다. 학생들은 친구가 본인의 연필을 가지고 장난친다고 신고하고, 비웃는다고 신고하고, 신발을 밟았다고 신고한다. 옆에 앉아 있는 친구가 자기를 째려본다고 신고하고, 이번에는 눈을 마주치지 않는다고 신고한다. 이 정도는 애교로 보아 넘겨줄 수 있다. 학생은 아직 미성숙하지 않은가. 오히려 문제는 사건의

잔인성부터 싸우는 방식과 합의하는 과정까지가 하나같이 모두 놀라울 만큼 성인과 닮았을 때다. 창원이의 학교폭력 사건이 바로 그렇다.

어느 아침 자율학습 시간, 창원이는 친구들과 웃고 떠들며 장난치고 있었다. 마음잡고 공부하고 있던 준규는 그런 모습이 거슬린 나머지 한마디 외쳤다.

"조용히 좀 하자!"

친절한 말투는 아니지만 못 할 말도 아니다. 지금은 엄연히 아침 자율학습 시간이다. 하지만 창원이도 물러나지 않았다. 창원이는 조용히 하라는 준규의 말을 곧 자신에 대한 도발로 받아들였다. 그래서 맞받아 외친다.

"너! 나와 인마!"

남학생들 사이에서 흔히 벌어지는 일이다. 이때 따라 나가면 한바탕 붙는 거고, 모른 체 가만히 있으면 지는 거다. 준규는 어느 쪽을 선택했을까? 당연히 전자다. 준규가 창원이를 따라서 자리를 박차고 밖으로 나가는데, 창원이가 먼저 도발한다.

"쳐봐! 쳐보라고! 돈 있으면 쳐봐, 인마!" ·

여기서부터는 어른들 싸움과 별반 다르지 않다. 먼저 싸움을 걸거나 때리는 사람이 폭력 사건을 처리하는 과정에서 불리해진다는 사실은 학생들도 다 안다. 준규 역시 왼손으로 창원이의 멱살을 잡고 오른쪽 주먹을 후려치려다가, 멈칫한다. 창원이와 싸워봐야 자신에게 좋을 게 없다는 사실을 잘 알고 있기 때문이다. 학교폭력 사건이 발생하면 진술서도 작성해야 하고 자치위원회가 열리기까지의 과정이 그리 녹록지 않다. 시도 때도 없이 학생부실에 불려가고, 부모님도 모셔와야 하고, 징계도 감수해야 한다. 생활기록부에 등재된 징계 기록은 대학 진학에까지 영향을 준다. 평소 공부도 열심히 하고 좋은 성적을 유지해왔는데, 한순간의 감정으로 모든 걸 망칠 수는 없다. 준규가 멱살 잡았던 손을 놓자 창원이는 작정한 듯 준규 신발에 침까지 뱉으며 다시 한 번 도발한다.

"겁쟁이 새끼가 깝죽거리기는! 퉤!"

그러자 준규는 참지 못하고 머리로 창원이의 코를 들이받는다. 정신을 차렸을 때는 창원이가 코를 부여잡고 바닥에 나뒹굴고 있었다. 갑자기 겁이 덜컥 난다. 머리가 하얗다.

보건교사 임 선생은 창원이의 상태를 확인한 뒤 간단한 응급처치를 하고 서둘러 병원으로 이송한다. 창원이는 코뼈가 골절되어 전치 3주의 상해 진단을 받았다. 김 선생은 학생을 불러 진술서를 작성하고, 부모를 소환하고, 전담경찰관에게 내용을 설명하고, 학교폭력대책자치위원회를 소집했다. 그리고 학교폭력대책자치위원회는 준규에게 서면사과, 접촉 금지, 전학, 특별교육 이수 20시간이라는 중징계를 내렸다.

준규에게는 청천벽력 같은 일이다. 물론 전치 3주의 상해를 입힌 건 명백한 잘못이고, 그에 따른 책임을 져야 한다. 하지만 전학은 너무 심하다. 전학은 퇴학 바로 아래 단계에 해당하는 중징계다. 준규는 지금껏 사고 한 번 치지 않고 성실하게 학교생활에 임했다. 공부도 열심히 해왔다. 또 준규의 부모님은 창원이의 부모님에게 4,000만 원이나 되는 거액의 합의금을 건네며 재차 사과했다. 물론 창원이 입장에서는 준규의 폭력으로 육체적·정신적 피해를 보았기에, 이후 준규와 마주치고 싶지 않아 전학을 요구할 수 있다. 하지만 준규는 형벌이 너무 과하다는 생각을 떨칠 수 없었다.

결국 준규는 학교장을 상대로 자치위원회 결과를 취소해달라는 소송을 제기했다. 이에 대한 법원의 판단은 다음과 같다.

— 학교폭력예방법 제17조 제1항과 같은 법 시행령 제19조
에서 정하고 있는 것과 같이, 준규에 대한 조치는 준규가
행사한 학교폭력의 심각성·지속성·고의성, 반성 정도, 해
당 조치로 인한 준규의 선도 가능성, 준규 및 보호자와
창원이 및 보호자 간 화해의 정도, 창원이가 장애 학생인
지 등을 종합적으로 고려하여 결정하여야 한다. 또한, 준
규에 대하여 할 수 있는 조치는 창원이에 대한 서면사과,
접촉 및 협박 행위의 금지, 학교에서의 봉사, 사회봉사, 학
내외 전문가에 의한 특별교육 이수 또는 심리치료, 출석
정지, 학급교체, 전학, 퇴학 조치와 같이 단계적으로 규정
하고 있다. 이는 폭력 행위가 매우 심각한 예외적인 경우
를 제외하고서는 교육 현장을 책임지는 학교가 준규에 대
한 최대한의 선도와 교육을 한 다음, 그러한 수단으로도
창원이와 준규가 더는 한 학교에서 수학하는 것이 어렵
고 준규에 대한 선도와 교육 자체가 불가능하다고 판단될
경우 전학 혹은 퇴학 조치를 하여야 한다는 의미이다. 이
에 학교장은 준규를 선도·교육하여 건전한 사회구성원으
로 육성할 의무가 있어, 심각한 피해를 일으킨 준규에 대
해서도 인격적으로 성숙해가는 과정에 있는 학생임을 감

안하여 최대한 교육적인 방법으로 선도할 책무가 있는 점 등에 비추어 보면, 준규에 대한 중징계의 필요성을 고려 하더라도 준규에게 개선의 기회를 주지 않고 징계의 종류 중 퇴학 다음으로 무거운 전학 조치를 내려 해당 학교에 서 교육받을 기회를 박탈한 전학 조치는 지나치게 가혹하 여 재량권의 범위를 일탈하거나 남용한 것이므로 무효라 고 판단한다.

이러한 판결은, 준규의 장래를 위해 좀 더 교육적인 징계 방법을 선택하지 않고 극단적인 중징계를 선택한 것이 위법이 라는 것이지, 준규의 폭력 행위가 중하지 않다는 뜻은 아니 다. 즉, 준규에게 전학보다 수위가 낮은 다른 징계를 내리라 는 것이다. 결국 준규는 출석정지 처분을 받았다.

이 사건은 언뜻 보면 준규가 한순간의 화를 참지 못한 데 서 일어난 사고인 것 같지만, 사실 그 내막을 들여다보면 복 잡한 속사정이 있다. 창원이는 준규가 공부 잘하는 모범생이 라는 것과 그의 아버지가 재력 있는 사업가라는 것을 알고 있 었다. 그래서 일부러 준규의 신경을 건드려 시비를 걸고, 학교 폭력을 일으켜 합의금을 받는 것을 계획했다. 준규가 자신을 먼저 한 대 때리기만 하면 작전은 성공이다. 창원이는 공부 잘하는 모범생 친구들을 주요 타깃으로 삼는다. 이들은 학교 폭력 전과가 생활기록부에 남는 걸 병적으로 싫어하기에 어떻게든 합의하려 한다.

창원이는 계획대로 이번 학교폭력 사건의 승리자가 되었다. 씁쓸한 일이다. 진리를 탐구하고 인성을 함양하는 배움의 공간이 되어야 할 학교에 검은 그림자가 드리우고 있다.

현석이의 십자인대 파열 사건

창원이 사건을 생각하다 보니 김 선생은 또 다른 기억이 떠오른다. 친한 동료 장 선생을 붙잡고 이야기하기 시작한다. 창원이 사건에 앞서 지난 4월 어느 날, 김 선생은 2학년 체육 수업 도중 황당한 일을 겪었다. 평소 학생들이 좋아하는 축구 경기를 진행하는데, 갑자기 청 팀 대표 선수인 현석이가 민종이와 부딪히고 떼굴떼굴 구르는 것이다. 잠시 후 현석이는 대수롭지 않게 일어났고, 김 선생도 큰 문제가 없으리라고 생각했다. 그런데 얼마 뒤 현석이가 갑자기 무릎에서 통증이 올라온다고 호소하기 시작한다. 김 선생이 보건실에 가서 응급처치를 할지 병원으로 가야 할지 고민하던 찰나, 점심을 먹기 위해

막 교문을 빠져나가려는 사회과 장 선생의 승용차가 눈에 들어왔다. 김 선생은 장 선생의 도움을 받아 현석이를 재빨리 정형외과로 옮길 수 있었다.

병원에 도착하자마자 엑스레이 촬영을 마치고 진료를 받는데, 의사 선생님이 예상 밖의 소견을 말했다.

"아무래도 큰 병원에 가서 CT 촬영을 하는 게 좋을 거 같네요."

김 선생은 그저 인대가 늘어났거나, 간단한 타박상 정도일 것이라고 생각했다. 하지만 그다음 날 현석이 어머니로부터 전해 들은 현석이의 진단명은 '십자인대 파열'이었다. 김 선생은 큰 충격을 받았다.

김 선생은 ROTC(학군사관 후보생)로 전공수업과 군사훈련을 병행하며 대학 시절을 보냈다. 그런데 4학년 마지막 군사훈련을 앞두고 동기 중 한 명이 십자인대 파열로 학군단을 그만두었다. 그러니까 김 선생에게 십자인대 파열이란 군복무 의무가 면제될 정도로 큰 부상이다. 손 놓고 있을 수 없다. 우선 김 선생은 후속 조치로 학교안전공제회에 사고경위서와 함께 사건을 통지했다. 학교안전공제회란 학교 내에서 발생하는 안전사고를 예방하고, 교육활동 중 발생한 사고에 대한 보상을 담당하는 기관이다. 각 시도교육청에서 별도로 운영하는데, 여기에 사고를 접수해야 보상금을 받을 수 있다. 물론, 현석이의 부상을 돈으로 위로할 수는 없겠지만, 김 선생은 최대한 서둘러 공제회 보상금을 청구했다. 김 선생은 공제회로부터 현석이의 부상에 대하여 300만 원가량의 보상금이 지급될 것이라는 회신을 받았다. 이렇게 해서 모든 일이 마무리된 줄 알았지만, 사건은 이제부터 시작이었다.

나는 나를 믿기에 당당하다

다음 날 김 선생은 학교안전공제회에서 걸려온 전화를 받았다. 현석이 어머니가 계속 전화를 걸고 직접 찾아와서 민원을 제기하며 업무를 방해한다는 것이다. 민원 내용은 오후 12시 34분에 발생한 현석이의 십자인대 파열 사고를 12시 이전에 발생한 것으로 서류를 고쳐달라는 것이었다. 김 선생은 곧바로 현석이 어머니한테 전화를 걸었다.

"어머니, 공제회에 연락하셨어요? 현석이는 정확히 12시 34분에 민종이랑 부딪힌 게 맞습니다!"

현석이 어머니는 김 선생의 말에 순순히 수긍하는 듯했고, 그렇게 통화는 종료되었다. 그런데 다음 날, 김 선생은 공제회로부터 충격적인 전화 한 통을 받았다.

"선생님! 현석이 어머니가 선생님을 고발했어요! 서류가 위조됐다고 하네요."

김 선생으로서는 믿는 도끼에 발등이 아니라, 온몸이 송두리째 찍힌 듯한 배신이었다. 담임으로서 현석이가 빠르게 보상을 받을 수 있도록 최선의 조치를 다했는데 고발이라니? 믿을 수 없었다.

"네? 서류가 위조됐다고요?"

"네. 보험금 청구 서류에 있는 5개의 서명란 중 하나가 위조됐다고 하네요."

김 선생은 당시의 상황을 떠올렸다. 현석이 어머니가 서류를 작성할 때 중간에 서명 하나를 빼먹었고, 김 선생이 그 칸에 대신 서명했다. 김 선생은 사실을 인정했다. 공제회 담당자는 다음과 같은 말을 남기고 전화를 끊었다.

"현석이 어머니는 서류가 위조된 것에 대해 선생님께 책임을 묻겠다고 하시네요."

현석이 어머니는 본인의 요구사항이 받아들여지지 않자, 제출 서류의 사본을 발급받았다. 그리고 평소 친분이 있는 신문기자에게 검토를 부탁했다. 아마도 서류의 오점을 발견하고 공식적으로 문제를 제기하여 사고 발생 시간을 수정하려는 의도였을 것이다. 사고 발생 시간을 점심시간 이전으로 수정하면 타 민간보험에서 보험금을 이중 수령할 수 있었다. 김 선생은 공제회에 연락하여 다음과 같이 말했다.

"네. 현석이네 형편이 어려워서 최대한 이른 시일 안에 병원비를 마련해야겠다는 생각에 실수했어요. 제가 접수한 서류는 철회할게요!"

다음 날 현석이 어머니는 곧바로 김 선생에게 전화를 걸었다.

"선생님! 서류 접수를 철회하셨네요?"

차갑고 짜증이 잔뜩 묻은 말투였다. 김 선생도 곧바로 되챘다.

"네. 어머니가 공제회에 접수한 서류가 위조됐다고 문제를 제기하셨잖아요!"

"그렇다고 접수를 철회하는 건 뭐 하자는 거지요?"

말끝에 '요'자가 붙었을 뿐 거의 반말이나 다를 바가 없다. 김 선생은 단호하게 말했다.

"원칙대로 처리하겠습니다!"

김 선생은 서류를 다시 접수하겠으니 현석이 어머니 본인이 직접 학교로 와서 신청서 모든 칸에 다시 서명하라고 말했다. 그러면서 한마디 덧붙인다.

"물론 그렇게 된다면 보험금 수령이 지연된다는 것은 알고 계세요."

김 선생의 말은 불난 집에 휘발유를 끼얹은 거나 마찬가지다. 그녀는 몹시 흥분하면서 이젠 상욕까지 내뱉는다.

"너는 뭘 믿고 이렇게 당당하냐?"

이제 그녀에게는 담임이고 뭐고 없다. 김 선생은 잠시 고민하다가 내뱉는다.

"나는 나를 믿고 당당하다!"

제가 비리 교사라뇨?

다음 날 오후, 학교로 한 통의 전화가 걸려왔다.

"여기 ○○ 신문사인데요, 학교 비리가 제보되어 취재 나가려 합니다!"

갑자기 비리라니? 학교 전체가 발칵 뒤집혔다. 언론사는 학교에서 가장 두려워하는 존재다. 각종 사학비리 뉴스가 나올 때면 그 학교는 비리 정도에 따라 학급 수가 감축되고 신입생이 모집되지 않는 등 어려움을 겪다가 변방의 하찮은 학교로 전락하고 만다. 만약 승진을 앞둔 교사의 비리 의혹이 제기된다면, 교육청 감사를 시작으로 출장 신청, 초과근무 내역 등을 점검받고 비리 교사로 낙인찍혀 학교를 떠나는 게 다반사다.

상황이 이렇다 보니 교장, 교감 선생님은 즉각 부장회의를 소집하여 대책을 논의한다. 하지만 달리 뾰족한 대응책이 나올 리 없다. 비리 내용이 무엇인지, 대상이 누구인지도 모르는 상황에서 무슨 대책이 나올 수 있으랴. 단지, 소위 말하는 '또라이' 기자를 만나지 않게 해달라고 기도할 뿐이다.

여기서 말하는 또라이 기자는 학교에서 벌어지는 소소한 불법행위를 취재하여 신문에 게재하겠다고 협박하는 기자를 말한다. 일례로, 학교에서는 재활용쓰레기는 분리수거하고, 일반쓰레기는 쓰레기봉투를 활용하여 업체로 보낸다. 그런데 학교시설 관리를 담당하는 주사님이 과거의 습관을 버리지 못하고 소각장에 불씨를 피운 적이 있었다. 그리고 때마침 학교 주변을 지나던 기자가 학교 소각장에서 검은 연기가 피어나는 것을 목격하고 학교를 협박했었다. 이런 일이 있을 때 일부 관리자는 사건을 크게 키우지 않고 조용히 무마하기 위해 뒷돈을 줘가며 기자와 타협하기도 한다. 또라이 기자의 이와 같은 습성을 알고 있는 교장 선생님은 그저 하늘만 바라보며 기자를 기다릴 뿐이다.

며칠 뒤, 무심코 교무실 창문 밖을 내다본 김 선생은 교문 쪽에서 웬 낯선 남자가 다가오는 것을 발견했다. 상하의를 검정 계열로 맞춰 입고 갈색 서류가방을 들고 이리로 걸어오는데, 왠지 모르게 쎄하다. 아니나 다를까, 그 낯선 남자는 교무실로 들어서더니 이렇게 말한다.

"김 선생님, 취재에 협조해주시지요."

김 선생은 남자와 교무실 가운데 있는 원탁에 마주 앉았다. 남자가 자신을 소개하며 건넨 명함에는 '○○신문 사회부 기자'라고 적혀 있다. 정신이 번쩍 든다. 여기서 밀리면 교직생활도, 학교의 명예도 끝이다. 기자는 현석이가 사고 나던 당일 김 선생의 행적에 관해 묻기 시작했다. 김 선생은 당일 수업 내용에 대해 이것저것 설명하다가 갑자기 눈을 흘기며 기자에게 되묻는다.

"기자님! 그런데 지금 취재하는 거 맞나요? 왜 취조하는 것처럼 들리지요?"

김 선생은 사법기관 소속도 아니면서 고압적인 태도로 일관하는 기자가 슬슬 눈에 거슬리기 시작했다. 김 선생에게 범죄 혐의가 있는 것도 아니고, 설령 범죄를 저질렀다 해도 이 사람에게 이런 취급을 당할 이유는 없다.

"내가 그 일을 당신에게 일일이 보고할 의무가 있나요?"

김 선생이 작정한 듯 말한다. 그리고 "나는 교직생활하면서 한 점 부끄러움도 없습니다"라는 말로 시작하여 10분 넘게 체육 수업에 관한 자신의 철학을 쏟아내기 시작했다.

"학교 체육은 체내에 쌓인 스트레스와 욕구 등을 신체 활동으로 표출하도록 함으로써 학교에서 발생할 수 있는 비행 행위를 원천적으로 제거합니다. 특히 우리 학교 같은 경우는 틈새 시간을 활용해 스포츠클럽을 운영함으로써 자연스럽게 학교폭력 및 학교 부적응을 감소시키는 것을 꾀하고 있어요.

그런데 문제는 교육부에서 체육 시수를 늘리고 스포츠 강사를 충원해도, 학생들의 체육 수업은 과거와 별반 달라지지 않았다는 거예요. '아나! 공 줄 테니까 놀아라!' 식 체육은 인문계 학생에게는 자율학습 시간, 특성화고 학생에게는 쉬는 시간, 중학생에게는 그저 노는 시간이 아닐까요?"

기자는 김 선생의 말이 삼천포로 빠지는 것을 눈치채고

중간에 끊으려 했지만, 김 선생은 오른손을 들어 제지한다. 그리고 학교 체육이 나아가야 할 길에 대해 재차 설명한다.

"얼마 전 취업한 졸업생 성호는 회식을 두려워합니다. 술을 못 마셔서가 아니라, 2차 노래방이 두려운 거예요. 노래방에서는 같이 입사한 동기들은 물론이거니와 직속 선배인 대리와 과장까지 저마다 상무님을 즐겁게 해주기 위해 자신만의 주특기를 선보입니다. 신들린 탬버린 연주, 흥겨운 트로트 노래, 화려한 춤 실력 등이 그것이지요. 하지만 성호는 노래도 못하고, 춤도 못 추고, 탬버린까지 잘 못 쳐요. 성호가 왜 이렇게 되었을까요? 학창 시절에 그저 공부만 열심히 했기 때문입니다."

여기에서 김 선생이 진심으로 말하고 싶은 게 있다. 체육 수업은 '아나 공'으로 대변되는 무의미한 시간이 아니다. 체육 시간은 사회생활의 밑거름이다. 따라서 체육 시간을 무의미하게 흘려보내지 말고 자신의 주특기를 연마하는 시간으로 활용해야 한다. 예를 들면, 체육 시간에 자신이 관심 있는 운동 종목을 선택하여 계속 연습하는 것이다. 일주일에 세 번 있는 체육 시간에 배드민턴을 열심히 연습한다면, 3년 뒤 이 학생의 배드민턴 실력은 어느 정도가 될까? 프로는 아니더라도 아마추어 최강은 되지 않을까? 그 정도는 아니라 해도 여유롭게 즐길 정도는 될 것이다. 사내 체육대회에 배드민턴 종목이 있다면 선수로 참여할 수도 있을 것이다. 그런 경험이 쌓이면 자연스럽게 능동적이고 주체적인 사람이 되는 것이다. 회상해보자. 우리는 중고등학교 6년간 체육 시간에 무엇을 했는지. 그저 쉬는 시간처럼 의미 없이 흘려보내지는 않았는가?

김 선생이 기자 앞에서 이처럼 길게 이야기를 이어나간 이유는 표면적으로는 체육 수업에 대한 자신의 소신을 알려주기 위해서다. 하지만 진짜 이유는 따로 있다. 바로 자신이 철저한 완벽주의자라는 것을 보여주기 위함이다. 이만큼 확고한 신념과 뚜렷한 철학을 가진 사람이니 쉽게 덤비지 말라는 경고였다. 그래서인지 기자의 말투가 한결 누그러졌다.

"네, 선생님. 좋은 의견입니다. 저도 선생님 같은 체육 선생님을 만났더라면 좋았겠네요."

됐다! 분위기는 완전히 김 선생에게 기울었다. 이제는 쐐기를 박아야 할 때다. 김 선생은 말한다.

"기자님! 서명 위조한 건 내가 잘못했습니다. 현석이네 생활이 어려워서 하루라도 빨리 보험금을 수령하게 하려고 그랬어요. 그리고 어머님이 문제를 제기하셔서 서류 접수를 철회했고요. 여기에 무슨 잘못이 있나요?"

기자의 다음 발언으로 승부는 끝났다.

"네. 알아요. 서류를 다시 접수해달라고 요청하러 왔어요 ……."

그 후에 기자는 현석이 어머님이 겪어온 일들을 김 선생에게 알려주었다. 현석이 어머니는 본래 중국인인데, 남편이 현석이가 태어난 지 몇 년 되지 않아 암으로 세상을 떠나는 바람에 이후 먹고살기 위해 이것저것 안 해본 일이 없다고 했다. 기자는 현석이 어머니가 그 과정에서 믿었던 공무원에게 배신당해 군청과 행정소송을 벌인 일, 현석이 동생이 학교에서 차별을 당했던 일 등을 설명하며 오히려 김 선생을 위로하고 있었다. 우리나라 공무원에게 무조건적인 반감을 가지고 살아온 나머지, 김 선생도 같은 부류로 여겨버린 것이라고.

현석이 어머니는 그러지 않아도 어려운 상황에서 힘겹게 살고 있었는데, 더욱더 어려운 벽과 맞닥뜨리면서 자신도 모르게 사나워졌는지도 모른다. 아무튼 김 선생은 보험금 청구 서류를 기자에게 건넸고, 며칠 뒤 기자는 현석이 어머니가 직접 작성한 서류를 학교로 다시 가져왔다. 김 선생은 서류를 접수했고, 현석이네는 보험금을 수령할 수 있게 되었다. 현석이 어머니는 김 선생을 옭아매기 위해 기자를 동원해 비위를 캐려 했지만, 기자는 오히려 훈계만 듣고 떠났다. 장 선생은 김 선생에게 들은 이야기를 지금까지도 이따금 떠올린다. 그리고 궁금해한다. 그때 그 기자의 속마음을 말이다.

사소한 실수가 불러온 나비효과

스타 강사 백 선생, 학생부 입성하다

백 선생은 얼마 전 교육계의 스타가 되었다. 안 그래도 유명 사범대 출신이라는 자부심이 하늘 높은 줄 모르던 차에 제트 기 엔진을 얻은 것이다. 그 엔진이란 EBS 교육방송이다. 몇 년 전부터 사교육 열기를 가라앉히기 위해 대학수학능력시험에 EBS 교육방송 내용을 연계하여 출제하고 있다. 따라서 교사 가 EBS 방송에 나온다는 것은 그만큼 실력 있다는 의미다. 전 국구 단위로 많은 골수 팬을 확보하게 되고, 다른 동료 교사 들에게는 선망과 부러움의 대상이 된다.

　백 선생은 EBS 강의는 물론이고 인근 대학에까지 출강을 나간다. 한국교육과정평가원에서 주관하는 모의고사나 공인 시험에 검토위원으로 위촉되기도 했다. 좀처럼 수업에 흥미를 느끼지 못하는 학생들도 백 선생의 수업만큼은 재미를 느끼고 집중한다. 백 선생은 뿌듯함이 차오르는 것을 느낀다. 교직을 선택하길 잘했다. 자신이 최고의 교사인 것 같다는 자만심에 빠져 있다. 하지만 그녀는 미처 알아차리지 못했다. 그녀에게 다가오는 검은 그림자를.

교사는 수업 외에 행정 업무도 담당한다. 백 선생은 올해 자의 반 타의 반으로 학생부 업무를 맡았다. 그동안 외부 활동이 많았던 백 선생을 대신해 학생부 등 기피 업무를 맡아왔던 동료 교사들 사이에서 불만이 터져 나온 것이다. 백 선생은 이런 주변 시선을 알고, '어려우면 뭐 얼마나 어렵다고?'라는 생각으로 대수롭지 않게 학생부 업무를 수락했다. 학생부 업무를 훌륭히 수행함으로써, 힘들다고 하소연하고 유난을 떠는 동료 교사들의 코를 납작하게 만들어줄 생각이었다.

학교폭력 사건, 순조롭게 해결되는 듯했으나……
백 선생이 학생부에서 처음 맡은 일은 민성이 사건이다. 민성이는 말수가 적고 내성적인 성격으로, 친구들과 좀처럼 잘 어울리지 못했다. 그런 민성이를 같은 반 현석이가 지속적으로 괴롭혀왔다고 했다. 학생부 업무는 처음이지만, 백 선생은 우선 법령부터 살핀다. 학교폭력예방법은 학교폭력을 처벌함에 있어 폭력의 심각성, 지속성, 고의성을 따진다. 그런데 현석이는 세 가지 측면에서 모두 상당한 수준의 폭력을 저질렀다. 발로 차고, 머리를 때리는 등의 직접적인 폭력은 물론, 담배를 피울 때면 망을 보게 하였으며, 운동화도 **빼앗았다**. 순간의 일탈이라기엔 괴롭힌 기간이 너무 길다. 무려 1년간이나 지속되었다는 것이다. 백 선생은 즉각 규정에 따라 학교폭력대책자치위원회를 개최했다. 학부모위원에게 연락하여 출석을 요청하고 학교폭력 전담경찰관과 사안을 정리했다. 그리고 사건진술서를 바탕으로 내용을 정리하여 위원들에게 보고했다.

이제 남은 건 처벌뿐이다. 현석이의 만행에 걸맞은 징계가 내려져야 한다. 징계는 서면사과, 접촉 및 협박 행위의 금지, 학교에서의 봉사, 사회봉사, 학내외 전문가에 의한 특별교육 이수 또는 심리치료, 출석정지, 학급교체, 전학, 퇴학 조치 중에서 학교폭력의 정도에 따라 결정된다. 학교폭력대책자치위원회 위원들은 각각 학교폭력의 심각성, 고의성, 지속성, 반성 정도, 화해 여부 등을 평가한다. 그리고 이들의 평가를 합하여 징계를 내린다. 현석이는 '퇴학' 처분을 받았다. 사건의 심각성에 미루어 보았을 때 합당한 처분이라고 여겨졌다. 민성이와 그의 부모 역시 자치위원회의 처분 결과에 동의했다. 모든 게 순조롭게 진행되었다. 그런데 백 선생은 생각지도 못한 심각한 문제에 봉착했다.

피해자는 어디에 호소해야 하나

갑자기 현석이 부모가 학교장을 상대로 소송을 제기한 것이다. 자치위원회 결과를 순순히 인정하고 반성하겠다더니 하루 만에 돌변한 것이다. 백 선생을 더 화나게 한 건 현석이가 받은 처벌이 과하다는 게 아니라, 학교폭력 처분 자체를 원천 무효로 해달라는 어처구니없는 소송이라는 사실이었다.

학교폭력 전담 변호사를 만나고 온 현석이 아버지는, 학교폭력대책자치위원회를 구성할 당시 적법한 절차를 따르지 않았기 때문에 이 사건을 담당한 위원회의 의결과 징계 처분은 무효라고 주장했다. 학교폭력예방법은 '학교폭력 예방 및 대책에 관련된 사항을 심의하기 위해 자치위원회'를 둠에 있어, 자치위원회 위원 중 과반수를 '학부모 전체회의에서 직접 선출된 학부모대표로 위촉'하여야 한다고 규정하고 있다. 현석이 부모 측이 이의를 제기한 부분이 바로 이 학부모 전체회의다. 학교폭력자치위원회에 참석한 학부모위원이 학부모 전체회의에서 선출된 위원이 아니기 때문에 자치위원회 구성이 위법하다는 것이다. 다시 말하면, 가정통신문으로 모든 학부모에게 학부모회의 개최를 알리고, 전체 학부모가 모인 자리에서 위원을 선출했어야 하는데 그러지 않았다는 것이다.

그렇다면 당시 학부모위원 선출 과정을 살펴보자. 학기 초, 체육복을 선정하기 위해 몇몇 학부모들이 한 음식점에서 회합했다. 그 자리에서 백 선생은 학교 행사를 원활히 진행하기 위해 학부모회의가 필요하다고 주장했지만, 학부모들은 먼저 나서는 사람 없이 하나같이 눈치만 보았다. 결국 백 선생은 추대하는 형식으로 학부모대표를 선출하자고 제안했다. 학교폭력대책자치위원회 학부모위원도 이 자리에서 선출되었다. 이러한 자리를 학교폭력예방법에 나오는 '학부모 전체회의'로 인정할 수 있을까? 학부모회의는 학교장 결재를 득한 가정통신문을 발송하여 회의 안건을 제시하고, 출석한 학부모들을 대상으로 이루어져야 한다. 하지만 해당 모임은 그저 백 선생과 학부모들이 메신저로 대화를 주고받으면서 결성한 자리일 뿐이었다. 법원은 이 사건을 다음과 같이 판단했다.

— 학교폭력에 관한 조치요청권을 갖는 자치위원회는 그 구성

이 법령에서 정한 절차대로 이뤄져 학교 구성원들로부터 민주적 정당성을 얻어야 하고, 자치위원회가 이와 같은 적법한 절차에 따라 구성되지 않은 경우라든지 조치요청 결정에 이르는 과정에서 결정의 정당성에 영향을 미치는 위법이 개입된 경우라면 그 자치위원회의 요청과 그에 따른 학교장의 조치는 위법한데, 학부모회의를 개최하면서 학교장 측의 공식적인 개최 안내, 회의 안건, 자치위원회 위원 선출과 관련하여 아무런 안내도 받지 못한 채 일부 학부모들이 참석한 점, 학부모회의의 학부모위원이나 자치위원회의 학부모위원은 희망자가 없어 어쩔 수 없이 그 자리에서 추대되는 형식을 취하여 의결한 점 등을 종합하면, 학부모회의 사전에 제대로 된 정보를 제공하지 않았고, 그에 따라 학부모들이 민주적 의사를 개진·숙의할 기회가 없었던 위와 같은 학부모회의에서 선출된 학부모위원은 법령에서 예정하고 있는 '학부모 전체회의에서 적법하게 선출된 학부모대표'로 볼 수 없으므로 이러한 절차에 따른 자치위원회의 구성은 학교폭력 예방 및 대책에 관한 법령을 위반한 하자가 중대하고, 자치위원회의 학부모위원이 학부모 전체의 의사에 의하여 선출된 것으로 인정할 수 없을 정도로 하자가 명백하

여 자치위원회의 학부모위원 선정, 곧 의결 주체 선정 절차
가 무효인 이상, 자치위원회의 의결이 적법하다는 전제에서
이루어진 위 처분 또한 무효로 보는 것이 타당하다.

— 창원지방법원 2019. 3. 13. 선고 2018구단12153 판결 [학
교폭력 처분 무효]

법원은 구성에 하자가 있으니 자치위원회 결성 자체가 무
효이며, 그렇기에 그 의결도 무효라고 판단했다. 현석이의 만
행이 누가 봐도 처벌을 받아야 마땅한 위중한 사안임에도, 자
치위원회가 적법하게 구성되지 않았다는 이유로 처벌할 수
없다는 것이다. 이 얼마나 괴로운 상황인가? 민성이와 그 부
모의 마음을 어떻게 헤아릴 수 있을까? 적법한 절차에 따라
학부모회의를 개최하는 것은 학생부 담당자인 백 선생의 일
이었다. 교사의 사소한 실수가 나비효과를 일으켜 한 학생의
인생에 씻을 수 없는 상처를 안길 수 있다는 사실을 백 선생
은 뼈저리게 실감하고 있다.

학부모 신고 대장이 떴다

선생님, 민수가 저한테 사이다를 먹였어요!

새 학기가 시작되면 학교는 신입생의 등장으로 어수선해진다. 미술과 정 선생이 발령받은 이곳은 서로 출신 지역과 학교가 다른 학생들이 뒤섞여 있다. 그리고 혼란을 틈타 치열한 눈치 싸움이 벌어진다. 바로 세력다툼이다.

"민수가 ○○중학교 짱이었대!"

"병철이는 일진이라는데?"

소문은 꼬리에 꼬리를 물고 여기저기 퍼져나간다. 그리고 마침내 일이 터졌다.

3월 어느 날, 병철이가 담임인 정 선생과 학생부실을 찾았다.

"어제 기숙사에서 민수가 저에게 사이다를 먹였어요!"

"사이다가 뭐가 문제인데?"

듣고 있던 김 선생이 따져 묻는다. 하루에도 수십 건씩 반복되는 학교폭력 신고에 김 선생은 예민할 대로 예민해져 있다. 정 선생은 진정하고 끝까지 들어보라며 김 선생을 자리에 앉힌다. 그리고 어제 벌어진 일을 차근차근 설명한다.

학생들 사이에서 일진이라 불리던 병철이는 평소 자신의 말을 잘 듣던 민수에게 냉장고에서 사이다를 가져오라고 시켰다. 그리고 잠시 후 민수는 그의 앞에 텀블러 하나를 내밀었다. 병철이가 웬 텀블러냐고 묻자 민수는 대답한다.

"냉동실에 넣어놨던 거라 더 시원할 거야!

병철이가 아무런 의심 없이 사이다를 벌컥벌컥 들이켜자 그제야 민수는 껄껄 웃기 시작한다. 병철이는 뭔가 수상한 낌새를 눈치챘다. 본인에게 쩔쩔매던 민수가 갑자기 자신을 비웃고 있는 것이 이상하다.

병철이는 기숙사 사감 선생님에게 신고하고 담임교사인 정 선생에게 자초지종을 설명했다. 놀랍게도 민수가 내민 사이다에는 신경안정제가 들어 있었다. 다행히 반쪽만 갈아 넣었으며, 병철이가 또래 친구보다 키가 크고 덩치가 있어서인지 부작용도 나타나지 않았다. 그리고 다음 날 정 선생은 자신이 파악한 내용을 바탕으로 직접 학생부실에 학교폭력 사건을 접수하러 온 것이다.

 학교폭력 사건 처리를 담당하는 체육과 김 선생은 마음이 불편하다. 올해에만 벌써 자잘한 학교폭력 사건 몇 건을 처리했지만, 신경안정제라니? 학교에서 약물문제까지 불거지는 모습을 보니 폭력의 수법이 날로 교묘해지고 난폭해지는 것 같아서 마음이 무겁다. 그래도 김 선생은 사건을 조사하고 처리해야 한다. 우선, 병철이가 복용한 신경안정제의 성분을 알아야 했다. 민수를 불러서 남은 신경안정제를 찾고, 약국에서 똑같은 약을 샀다. 그리고 병철이 부모에게 사실을 알리고, 서둘러 병철이를 신경외과로 데려갔다. 다행히 이상 소견은 없었다. 김 선생은 마음을 가라앉히고, 다시 학교로 돌아왔다. 그리고 병철이를 괴롭힌 민수와 그 주변에 있던 학생들을 불러 진술서를 작성하고, 그들의 부모를 소환했다. 그런데 예상치 못한 일이 발생했다. 민수를 비롯한 가해 학생들이 오히려 병철이를 학교폭력 가해자로 지목한 것이다.

 사건은 이들이 학교에 입학하기도 전, 신입생 오리엔테이션에서 시작되었다. 이때 민수는 병철이의 이유 없는 폭언 및 협박에 시달렸다. 또래보다 작고 앳된 민수는 병철이의 기세에 눌려 꼼짝달싹 못 했다. '빵셔틀'이라 불리며 심부름까지 했다. 병철이는 500원을 주면서 만 원어치 물건을 사 오라고 시켰다. 물론, 나머지 9,500원은 민수 용돈에서 충당했다. 민수는 이 같은 부당한 일을 당하고도 아무에게도 말할 수 없었다. 신고하면 보복이 있을 것임을 알았기 때문이다. 그런데 그렇게 당하기만 하던 민수가 갑자기 사이다로 병철이를 놀려줄 마음을 먹은 것은 무엇 때문일까?

사건의 내막

오리엔테이션이 끝나고 3월에 접어들자 소문이 돌았다. 소문은 병철이와 같은 중학교 출신인 상준이로부터 나온 것이었는데, 병철이는 삼촌의 꼭두각시일 뿐이며, 그로 인해 당시 중학교가 시끄러웠다는 것이다. 병철이와 같은 반 친구들은 중학교 재학 시절에 병철이를 흘겨보았다거나, 인사를 하지 않았다는 사소한 이유로 병철이 삼촌에게 신고를 당했다. 학생뿐 아니라 선생님들도 수업을 열심히 하지 않는 것 같다거나 시험문제가 너무 어렵다는 등의 이유로 병철이 삼촌에게 항의를 받았다.

상준이는 말했다.

"병철이는 삼촌의 꼭두각시야. 삼촌 때문에 중학교에서도 왕따였어! 걔 옆에 있다 보면, 너도 그 삼촌한테 신고당할걸?"

그렇게 말하며 상준이는 껄껄 웃는다. 병철이는 새 학교에 올라와서 자신의 삼촌을 흉내내며 주변 친구들에게 공포심을 주었다. 목소리가 걸걸하고, 키가 크고 덩치도 있었기 때문에 민수를 비롯한 주변 친구들은 감쪽같이 속아 넘어갔다. 하지만 병철이의 연기는 자신의 과거를 속속들이 알고 있는 상준이로 인하여 금세 밑천을 드러냈다.

김 선생은 병철이와 민수의 학교폭력 사건을 일괄 처리하기로 했다. 병철이 어머니는 이번 사안은 쌍방의 과실로 발생한 일이니, 학교 차원에서 해결하고 싶다는 의사를 밝혔다. 민수 어머니 역시 아들의 잘못을 인정하고 반성하며, 학교의 처분을 달게 받겠다고 말했다. 김 선생은 교감을 중심으로 보건교사 임 선생, 상담교사, 학생부장 등이 참여하는 전담기구를 개최하여 위 사건을 논의했다. 쌍방이 합의하였고 양쪽 다 학교폭력대책자치위원회 개최를 원치 않았으므로 결국 이 사건은 학교장 차원에서 자체 종결 처리되었다. 김 선생은 이것으로 사건을 마무리했다. 하지만 이건 시작에 불과했다.

김 선생과 병철이 삼촌, 악연의 시작

며칠 후 병철이네 반은 고깃집에서 학급회식을 하게 되었다. 담임 정 선생은 한참 즐겁게 식사하다가 잠시 바람을 쐬러 밖으로 나갔다. 그런데 그곳에서 그만 봐서는 안 될 광경을 목격하고 말았다. 병철이가 쪼그리고 앉아서 담배를 피우고 있는 게 아닌가. 병철이는 서둘러 담뱃불을 끄고는 손이 발이 되도록 빌며 사정한다.

"선생님! 한 번만 봐주세요. 제발요."

정 선생은 순간 고민에 빠진다. 한 번의 실수라고 생각하고 눈감아줘야 하나? 아니다. 고민할 가치가 없는 문제다. 교사가 학생의 비행을 보고도 눈감아준다면, 나중에 더 큰 문제가 되어 부메랑처럼 돌아올 것이 틀림없다. 다음 날 정 선생은 학생부실로 가서 상황을 설명하고 정식으로 사건을 접수했다. 그런데 진짜 문제는 이제부터 시작이다.

병철이 삼촌은 소식을 듣자마자 학교로 달려와 교무실이 떠나가도록 소리친다.

"선생이라는 사람이 학생을 용서할 줄도 모르나? 그런 인격으로 무슨 선생질을 한다는 거야?"

병철이 삼촌은 쉴 새 없이 폭언을 퍼붓는다. 분명 잘못한 사람은 병철인데, 지금은 누가 보면 꼭 정 선생이 잘못한 것 같다.

"진정하시고 들어보세요!"

학교폭력 처리 담당 김 선생이 교사의 의무에 관해 설명했다. 교사라면 학생이 잘못된 행동을 했을 때 교화해야 한다. 학생이 담배를 피우고 있는데, 그것을 못 본 체하라는 말은 선생이기를 포기하라는 말과 같다. 병철이 삼촌은 그 말을 듣고 일견 수긍하는 듯하더니, 이내 씨익 웃으며 마지막 비장의 무기를 꺼낸다.

"그런데 선생님, 출장은 달고 나간 건가요?"

강력한 한 방이다. 교사의 출장은 교육청이나 유관기관에 가는 경우가 대부분이고, 공식행사에서 학생을 인솔하는 경우도 포함된다. 문제는 이번 학급회식이 공식적 행사인지 여부가 불분명하다는 것이다. 정 선생은 학생들끼리 밥을 먹기 위해 마련한 저녁 식사 자리에 초대받아 참석했다. 그리고 자신 몫의 음식값을 직접 계산했다.

출장 공격을 당한 김 선생과 정 선생은 멍해졌다. 교장 선생님은 긁어 부스럼 만들 수 있다는 이유로 당분간 이런 모임을 일절 금지했다. 그리고 교사가 학생과 함께하는 경우엔 일과 후일지라도 출장을 신청하라는 지시가 내려졌다. 아무튼 삼촌의 활약(?)에 힘입어 병철이는 교내 징계 중 가장 수위가 낮은 교내봉사를 받았고, 정 선생도 학교장 징계를 받았다. 김 선생은 가슴이 막막하고 허탈하다. 그리고 병철이 삼촌과 엮이는 일은 이번이 마지막이길 소원했다. 하지만 역시나 소원은 소원일 뿐이었다.

신고 대장, 그 끝은 어디인가

며칠 잠잠하더니 갑자기 병철이 삼촌이 김 선생을 찾았다. 병철이가 왕따를 당하는데 학교 측에서 수수방관하고 있다는 것이다. 선생들은 대체 무슨 일을 하는 거냐는 둥 이렇게 국민의 세금을 축내도 되냐는 둥 따지는데, 어안이 벙벙하다. 무슨 근거로 이렇게 말하는 것인가? 자세히 들어보니, 학기 초에 벌어진 사이다 사건을 말하는 것이었다. 당시 사건 처리가 미흡했기 때문에 병철이가 왕따를 당하고 있다는 것이다.

더 이상 병철이 삼촌의 억지를 참고 있을 수는 없다. 김 선생은 병철이 사건 기록을 추려 내밀었다.

"여기 보세요! 병철이 어머니가 서명하신 거 보이죠?"

이제 더는 여지가 없다. 어머니가 와서 사건을 정리하고 갔는데, 삼촌이 무슨 권리로 따질 수 있겠는가. 그런데 돌아온 답변은 황당하기 그지없다.

"그건 내가 서명한 게 아니잖아요!"

이제 김 선생은 화가 난다! 억지도 이런 억지가 없다. 더는 참을 수가 없어 이렇게 내질렀다.

"그래요! 원하신다면 사건을 다시 조사하지요! 다만 그렇게 된다면 병철이도 징계를 피할 수 없을 거란 사실만 알아두세요!"

그러자 뜨끔했는지 갑자기 병철이 삼촌의 말투가 달라진다. 아마 학교폭력 처리 담당자인 김 선생이 사과하고, 병철이를 괴롭힌다는 학생들에게 징계를 가하겠다고 약속하는 그림을 상상하고 왔을 것이다. 그런데 오히려 김 선생이 지난 사건을 재조사하겠다고 나오니 당황한 것이다. 병철이 삼촌은 대뜸 "학교가 뭐 이래? 재수 없어!"라고 소리치며 도망치듯 교무실을 빠져나갔다. 김 선생은 그 모습을 보며 이제 진짜 악성 민원은 끝이라고 위안했다.

그런데 며칠 후, 교육청 장학사가 김 선생을 찾았다. 국민신문고에 학교 측에서 학교폭력을 은폐하고 있다는 민원이 접수되었다는 것이다. 장학사는 신고자가 누구인지 말해주지 않았지만, 안 봐도 뻔했다. 김 선생은 장학사에게 당시의 사건 기록을 모두 제시했고, 장학사는 학교 측이 매뉴얼대로 정확하게 대응하였다는 사실을 확인하고 돌아갔다.

그렇다면 악성 민원은 이렇게 종결되었을까? 믿기지 않겠지만 여전히 진행 중이다. 병철이 삼촌은 아직까지도 '신고 대장' 타이틀을 내려놓지 못하고 있다. 아마 병철이가 졸업할 때까지, 아니 어쩌면 그 이후에도 계속될지 모른다. 더 큰 문제는 병철이가 삼촌의 모습을 닮아가고 있다는 점이다. 김 선생은 마음이 아프다. 또 다른 '신고 대장'을 키우고 있는 건 아닌지 모르겠다.

특수반 학생 영민이의 일탈

학급 명렬표와 정 선생의 설렘

정 선생은 작년에 악성 민원에 시달리며 시련을 겪었지만, 올해는 예감이 좋다. 학교는 '해갈이'를 하기 때문이다. 정 선생은 입학식을 할 때마다 새로운 기분이 든다. 매해 들어오는 신입생이지만, 신기하게 해마다 분위기가 다르다. 신입생들은 어떤 해는 밝고 활발하고, 어떤 해는 조용하고 정숙하다. 그리고 그 분위기가 3년 동안 쭉 이어진다.

올해는 어떤 학생이 들어올까? 새 학기를 앞두고 학급 명렬표를 들여다보며 정 선생은 또다시 설렌다. 작년 이맘때도 정 선생은 명렬표를 보며 한 해를 상상했었다. 명렬표에 이름 적힌 아이들 중에는 공부를 잘하는 학생도 있고, 학교에 적응하지 못하는 학생도 있었다. 항상 밝게 미소 짓는 학생도,

매사에 불만인 학생도 있었다. 그리고 명렬표 속 학생들과 1년간 동고동락하는 가운데 다양한 추억이 생겼다. 전국대회에서 금상을 수상하고 즐거워했던 기억, 모친상을 당한 학생을 안고 흐느꼈던 기억도 있다. 정 선생은 신기하게도 학급 명렬표를 통해 학생들의 성향을 대충 예상할 수 있다. 물론 점쟁이가 아니기에 예상이 100퍼센트 적중하진 않는다. 그렇지만 대체로 학기 초 명렬표를 보고 느낀 짐작이 맞아떨어졌다. 하지만 절대 예측할 수 없는 경우가 있으니, 바로 통합반, 흔히 말하는 특수반 학생이다.

정 선생이 명렬표를 들여다보니 올해 통합반 학생은 딱 두 명 눈에 띄었다. 작년에 입학한 재민이와 영민이다. 둘의 외모는 일반 학생과 다를 바 없이 평범하고 귀엽다. 수업시간 적극성은 부족하지만, 맡은 일은 성실히 수행한다. 인사성도 밝은, 착하고 멋진 학생들이다. 의사소통 능력도 일반 학생과 구분이 안 될 정도이기에, 단체생활을 하는 데도 문제없었다. 정 선생은 올해는 유난히 명렬표가 좋다고 생각한다.

학급 담임으로서의 첫날, 정 선생은 출석부에 적힌 학생의 이름과 얼굴을 하나하나 대조해가며 출석을 부른다. 그런데 빈자리가 하나 보인다. 영민이가 사라진 것이다.

어머니! 영민이가 사라졌어요!

분명 조회 시간까지만 해도 영민이는 자리에 있었다. 정 선생은 서둘러 남학생들을 불러 영민이를 찾기 시작했다. 여기는 농업계 특성화고등학교다. 실습장에는 농사에 활용되는 중장비가 있고, 날카로운 농기구도 많다. 일반 고등학교와 비교하면, 사방이 위험 요소로 가득한 것이다. 정 선생은 영민이의 안전이 걱정이다. 영민이 부모님이 이 사실을 안다면 얼마나 놀라실까? 정 선생은 무거운 마음으로 영민이 어머니에게 연락했다.

"어머님! 큰일났어요. 영민이가 사라졌어요!"

그러나 수화기 너머에서 들려온 대답에 정 선생은 적잖이 놀랐다. 영민이 어머니의 반응이 정 선생이 생각한 것과 정반대였기 때문이다. 그녀는 익숙한 일이라는 듯 너무나 평온하게 대답한다.

"곧 나타날 거예요!"

"네? 뭐라고요?"

오히려 정 선생이 더 야단법석이다.

"조금 있으면 교실로 돌아갈 거라고요!"

잘못 들은 줄 알고 반문했지만 돌아온 대답은 좀 전과 똑

같다. 영민이 어머니는 이 일을 예상하고 있었다는 건가?

"무슨 말씀이시죠?"

이제 영민이 어머니 말투에는 약간 짜증이 섞인다.

"말 그대로, 조금 있으면 학교로 들어갈 거라고요!"

때마침 영민이를 찾고 있던 동현이가 교무실로 뛰어온다.

"선생님! 찾았어요."

그러고는 창문 밖을 가리킨다. 정 선생이 고개를 돌려 교문 쪽을 바라보니 어처구니없게 영민이가 아이스크림을 물고 태연하게 교문을 지나 학교로 들어오고 있다. 정 선생은 서둘러 밖으로 나갔다.

"너 어디 갔다 왔니? 이건 뭐야?"

영민이는 대수롭지 않게 말한다.

"아이스크림이요."

너무도 당당한 영민이의 대답에 정 선생은 더욱 당황스럽다. 자초지종을 듣기 위해 영민이를 데리고 교무실로 갔다.

"대체 어디 갔던 거니?"

"편의점요."

돌아온 대답은 명쾌했다. 그렇다. 아이스크림을 물고 있었으니 편의점에 다녀왔을 것이다. 하지만 중요한 건 그게 아니다. 일과 중에 마음대로 편의점에 가면 안 된다는 걸 알고 있는지 확인해야 한다.

"조회시간 끝나고 쉬는 시간에 나간 거지? 그럼 1교시 수업이 곧 시작할 텐데 그걸 알면서도 나갔니?"

"네."

너무도 단호하고 명쾌한 대답이라서 정 선생은 응수할 말을 잊었다. 이런 식으로 대답하는 경우는 둘 중 하나다. 첫째는, 학생이 교사에게 대놓고 반항하는 경우다. 둘째는, 일과 중에 밖에 나가는 것이 큰 잘못인지 모르는 경우다. 아마 영민이는 후자일 것이다. 정 선생은 '일과 중에는 절대 교문 밖으로 나가선 안 된다' '수업시간을 빼먹거나 늦으면 안 된다' '혹시 급한 용무가 있어 학교를 나가야 한다면 담임교사에게 먼저 얘기하고 허락을 구해야 한다' 이 세 가지를 강조하여 말하고 영민이를 교실로 돌려보냈다.

영민이가 돌아간 후 정 선생은 깊은 생각에 잠긴다. 별일 없이 영민이를 찾아서 다행이긴 한데, 왠지 이런 일이 계속 반복될 것 같다는 안 좋은 예감이 든다. 영민이 어머니에게 전화를 걸어 영민이를 잃어버렸다고 말했을 때 돌아온 대답이 너무나 무덤덤했기 때문이다. 이런 일이 한두 번 벌어진

게 아니라는 뜻이다. 정 선생은 서둘러 작년에 영민이와 같은 반이었던 민주를 찾는다.

"민주야, 너 작년에 영민이랑 같은 반이었지? 그때 영민이 어땠니?"

민주의 대답은 충격 그 자체다.

"걔는 교실에 거의 없었어요."

보통 통합반 학생들은 오전에는 일반 학급에서 수업을 받고 오후가 되면 통합반으로 가서 특수교사에게 수업을 듣는다. 그런데 작년 한 해 동안 영민이가 일반 학급 교실에 거의 없었다는 건 무슨 영문인가? 그럼 대체 오전 시간에 영민이는 어디에 있었다는 말인가? 자세한 이야기는 특수교사에게 물어봐야겠다.

앞으로 무단 외출은 없다

정 선생은 영민이 담당 특수교사를 만났다. 그녀는 옆에서 지켜본 영민이에 대해서 가감없이 말해준다.

"영민이는 지적 능력도 뛰어나고 생각하는 것도 남들과 다르지 않아요. 이런 말 무엇하지만, 거짓말도 잘하고 꾀병도 잘 부려요."

정 선생은 영민이가 오후 통합반 수업은 잘 들었느냐고 물었다. 그리고 돌아온 대답은 예상대로였다. 영민이는 자주 병원에 가겠다며 조퇴했고, 이 외에도 오지 않은 날이 많았다는 것이다. 총체적 난국이다. 쉽게 말하면, 작년 한 해 동안 영민이에 대한 관리가 전혀 이루어지지 않았다는 것이다. 일반 학급 담임은 영민이가 사라지면 통합반에 간 줄 알았고, 통합반 담임 역시 비슷하게 생각했다. 결국, 영민이는 지난 한 해 동안 학교에 있고 싶으면 있고, 집에 가고 싶으면 가는 자유로운 삶을 영위한 것이다.

더 심각한 문제가 있다. 영민이가 학교를 떠나 들른 곳은 병원도 아니고 집도 아니었다. 바로 인근 초등학교였다. 나중에 밝혀진 사실이지만, 영민이는 초등학교 여학생들을 대상으로 성범죄를 저질러오고 있었다. 학교에서도 여학생들 앞에서 자신의 바지를 내려 성기를 노출하고 일방적으로 성적인 만남을 요구하는 등 성도착증을 앓고 있었다.

정 선생은 이러한 일탈을 바로잡겠다고 마음먹는다. 학생이 학교에 있을 땐 교사가 보호자다. 그런데 학생이 사라지는 것도 모르고, 알고서도 아무 조치하지 않는 보호자가 어디 있겠는가? 정 선생은 당장 영민이 어머니에게 전화를 걸었다. 상황의 심각성을 알리고, 앞으로는 영민이가 학교에서 지금처럼 마음 내키는 대로 생활할 수 없을 것이라고 강하게 말했다.

다음 날, 조회 시간이 끝날 즈음 정 선생은 영민이를 따로 불러 이야기한다.

"영민아! 어제 어머니랑 이야기 잘 했지? 앞으로는 절대 수업 중에 밖에 나가면 안 된다."

영민이는 고개를 연신 끄덕이며 알겠다고 말했고 정 선생은 그 말을 믿고 교무실로 돌아왔다. 그리고 통합반 선생님에게 앞으로는 영민이가 일과 시간을 철저히 지킬 것이라고 말했다. 정 선생은 교실로 돌아가 학생들에게도 영민이에게 관심을 가져달라고 부탁했다. 반장에게는 특별 임무를 줬다. 영민이가 밖에 나가는 경우를 파악하고, 특히 수업시간에 영민이가 안 보일 때는 즉시 알려달라는 것이었다. 이제야 좀 정리가 된 듯하다. 정 선생은 앞으로는 좋은 일만 가득할 것이라 믿고 수업 준비를 시작한다.

흔한 거짓말, 배가 아파요

영민이는 이틀간 성실하게 학교생활에 임했다. 그런데 사흘째

되는 날 아침 일찍 영민이가 교무실로 정 선생을 찾아왔다.

"선생님! 배가 아파요."

정 선생은 15년간 학교에 근무하면서 학생으로부터 배가 아프다는 얘기를 정말 수백 번도 더 들었다. 정 선생은 학생이 아프다고 하더라도 바로 조퇴시키지는 않는다. 우선은 보건교사에게 보내고, 참을 수 있는 상황이라면 최대한 참아보라고 독려한다. 이런 정 선생이지만, 처음 한두 번은 어머께 확인을 받고 병원에 보내줬다. 문제는 이런 요구가 매일같이 반복된다는 것이다. 오늘은 배, 다음 날은 치아, 그다음 날은 눈. 정말 아픈 이유도 다양하다. 정 선생은 더는 안 되겠다 싶어 영민이 어머니를 학교로 모셨다. 그리고 영민이가 평소 많이 아픈 편이냐고 물었다. 영민이 모친은 그렇다고 대답한다. 정 선생은 본격적으로 이야기를 시작한다.

"물론 아프면 병원에 가는 것이 당연하지요. 하지만 병원에 가야만 할 때와 참을 수 있을 때가 있지 않습니까!"

다행히 영민이 어머니는 정 선생의 이야기를 경청한다.

"어머니, 영민이가 아프다고 할 때마다 병원에 보내주는 게 진정 어머니가 원하시는 건가요? 조금이라도 더 학교에 정을 붙이고 친구들과 잘 지내도록 지도하는 게 영민이 미래를 위해서도 좋은 일 아닐까요?"

정 선생은 계속해서 설득하며 다짐을 받는다.

"어머니! 제가 담임으로서 영민이를 적극적으로 지도하는 걸 원하시나요, 아니면 영민이가 학교에 나오든 나오지 않든 신경 쓰지 않고 포기해버리길 원하시나요?"

어떤 부모라도 이런 질문을 받으면 자기 자녀를 꼭 붙잡아달라고 부탁할 것이다. 영민이 어머니 역시 영민이가 자신의 말은 잘 듣지 않으니 선생님이 못된 버릇을 확실히 잡아달라고 사정까지 한다. 정 선생은 영민이 어머니에게 만족할 만한 답을 듣고 나서 다시 영민이와 대화를 시작했다.

"영민아! 모든 사람이 원하는 것을 마음대로 하며 살 수는 없단다."

이렇게 시작한 대화는 두 시간 가까이 이어졌다. 정 선생은 규칙의 중요성과 학교의 존재 이유, 영민이의 미래 등 영민이가 학교에 나와야 하는 이유를 생각나는 대로 모두 이야기해주었다. 이만하면 됐다 싶었다.

그런데 다음 날, 설마 설마 했는데 영민이가 또 교무실로 정 선생을 찾아왔다. 머리가 아프니 병원에 보내달라는 것이다. 정 선생은 딱 한마디만 했다.

"어머니께 전화드려봐라!"

영민이는 방금 학교 앞에서 헤어졌을 엄마에게 전화를 건다.

"엄마, 나 병원 가고 싶어!"

통화는 3초 만에 종료된다. 영민이 어머니가 안 된다는 말만 남기고 전화를 끊어버린 것이다. 정 선생은 다시 힘을 얻고 두 시간가량 영민이를 타이른다. 지난 15년간의 교직생활 경험에 비추어 보건대, 보통은 이 정도 이야기하면 듣는다. 그런데 영민이는 마치 커다란 돌덩이 같다. 말이 안 통한다. 정 선생은 안 된다고 따끔하게 말하고 수업에 들어갔다.

수업을 마치고 교무실로 들어오자마자 전화벨이 울린다. 보건교사 임 선생이다. 영민이가 아프다고 해서 진통제를 먹이고 교실로 돌려보냈다고 했다. 그때 반장이 교무실로 찾아왔다.

"선생님! 영민이가 사라졌어요!"

정 선생이 그 말을 듣고 창밖을 바라보는데, 영민이가 교문을 막 뛰쳐나가는 게 보인다. 정 선생은 쫓아가려다가 발을 멈췄다. 이미 도망가겠다고 마음먹은 아이를 잡아서 무엇 하겠는가. 정 선생은 영민이 어머니에게 전화를 걸었다. 상황을 설명하고 오늘은 '무단조퇴'라고 말했다. 영민이가 집에 가면 잘 타일러달라는 당부도 잊지 않았다.

다음 날, 어김없이 영민이는 교무실로 정 선생을 찾아와 조퇴하겠다고 했다. 정 선생은 도저히 안 되겠다 싶었다. 영민이가 자신보다 고단수인 것 같다는 생각까지 들었다. 정 선생은 특수 학급 선생님께 도움을 청했다. 그리고 영민이를 통합반 교실로 데려다주었다. 한참 후 영민이는 어두운 표정으로 정 선생을 다시 찾아왔다. 그러더니 대뜸 자퇴하겠다고 선언한다.

"자퇴? 자퇴한다고?"

정 선생은 깜짝 놀랐다. 영민이를 그저 특수반 학생이라고 생각했기에 자퇴라는 제도를 알고 있을 거라고는 상상도 못 했다.

"영민아! 자퇴는 그렇게 쉽게 결정할 문제가 아니란다."

그러자 영민이는 "싫어요! 집에 갈 거예요" 하며 엉엉 소리 내어 운다. 18살짜리 고등학생이 집에 가고 싶다고 생떼를 쓰며 울 수 있다는 게 정 선생에게는 너무나 낯설다. 온 교무실이 영민이 울음소리로 가득하다.

"뚝! 울면 안 돼!"

정 선생은 4살짜리 어린애 다루듯 말한다. 그래도 울음을 그치지 않자, 결국 다른 선생님들에게 피해를 줄 수 없어 영민이를 밖으로 데리고 나갔다. 그런데 이게 무슨 일인가? 신기하게도 영민이가 눈물을 뚝 그친다. 더는 떼를 쓰지도 않는다. 그리고 갑자기 인상을 쓰며 목소리를 눌러 조용하게 말했다.

"저 집에 갈래요!"

정 선생은 영민이 어머니에게 전화를 걸어 자초지종을 설명하고 영민이를 집으로 보냈다. 그리고 한동안 생각에 잠겼다. 영민이가 어떤 아이인지 정말 모르겠다. 솔직히 마지막에 집에 가겠다고 했을 때는 살기까지 느꼈다. 새삼 특수 학급 선생님이 존경스럽다. 대부분의 교사는 학생들의 교과지도나 생활지도 측면을 고민한다. 그러나 특수교사는 다르다. 신체적·정신적으로 장애가 있는 학생을 돌보고, 유관기관과 협력하여 학생이 스스로 자립할 수 있도록 지도한다. 이 얼마나 위대한 직업인가. 특수교사는 무엇보다 장애인에 대한 관심과 애정의 깊이가 남다르다. 실제로 특수 학급 선생님과 대화를 나눈 뒤에 정 선생은 영민이를 조금 더 이해할 수 있었고, 다시 한 번 영민이에게 다가가보기로 마음먹었다.

얼마나 지나야 학생의 마음을 다 헤아려 알까?

다음 날, 영민이는 학교에 오지 않았다. 그리고 정 선생은 영민이 아버지로부터 한 통의 전화를 받았다. 특수 학급 선생님에게 들은 바에 따르면, 영민이는 아버지를 무서워한다. 사실 대부분의 학생이 그렇다. 그래서 정 선생도 학생의 비행을 바로잡을 때면 항상 부친에게 먼저 연락한다. 아무튼 영민이 아버지는 정 선생이 전화를 받자마자 대뜸 말한다.

"우리 애가 이가 아파서 이비인후과에 가야 하는데, 왜 안 보내주는 겁니까?"

정 선생은 "이가 아프면 치과에 가야지요!"라고 반문하고 싶었지만, 꾹 참고 대답한다.

"아, 그랬나요?"

정 선생은 서둘러 전화를 끊고 특수 학급 선생님을 찾아 갔다. 이야기를 들은 특수 학급 선생님은 "다행이네요"라고 말했다. 영민이 아버지는 학교에 불만이 있으면 무조건 교육청에 신고부터 하여 사건을 키운다는 것이다. 그러면서 정 선생에게 그냥 한 귀로 듣고 흘려버리라고 조언해주었다. 정 선생은 복잡한 심정이었다. 지금까지 그는 문제가 생길 때마다 이성적으로 판단하여 잘못된 부분을 반드시 바로잡아왔다. 그런데 그냥 참으라니, 선뜻 동의하기 어려웠다. 그리고 다음 날 한 통의 전화를 받고 정 선생은 진짜 참을 수 없게 되어버렸다.

교육청 장학사로부터 온 전화였다. 민원이 제기됐으니 학교에 가서 조사를 좀 해야겠다는 것이다. 정 선생이 무슨 내용이냐고 물었지만, 장학사는 자세히 말할 수는 없지만 영민이 문제라고 말했다. 정 선생은 이를 악물고 말했다.

"좋아요! 내가 원하던 바예요. 대신 신고자도 꼭 함께 와야 합니다!"

영민이네가 무얼 갖고 트집을 잡았는지는 모르겠지만, 어처구니가 없다. 정 선생은 교무수첩에 영민이와 상담한 내용, 영민이 어머니와 통화한 내용 등을 모두 빼곡히 적어놓았다. 실제로 교사의 교무수첩은 상당한 증거력을 가진다.

얼마 지나지 않아 장학사가 영민이 어머니와 함께 학교로 왔다. 장학사로부터 이야기를 들어보니, 영민이 부친이 정 선생을 신고했는데, 정 선생이 영민이에게 자퇴를 종용했다는 것이다. 정 선생은 너무나 당황스럽다. 영민이가 자퇴시켜달라고 요구하기에, 안 된다고 못 박은 적은 있다. 자퇴 결정은 부모님의 동의가 필요하며 복잡한 서류도 작성해야 하고 교육청에서 숙려제 교육도 받아야 하는, 어려운 문제라고 설명했다. 그런데 정 선생이 자퇴를 권유했다니? 도저히 용납할 수 없다. 그런데 특수반 선생님은 계속 참으란다. 하지만 정 선생은 영민이 어머니까지 만난 김에 제대로 따져야겠다고 마음먹었다. 정 선생은 자신은 자퇴하겠다는 영민이를 말렸으며, 당시 교무실에 있던 많은 교사들이 이 일의 증인이라고 주장했다. 학생의 거짓말을 믿고 자신을 신고한 일을 절대 용납할수 없다고도. 그제서야 영민이 어머니는 슬며시 꼬리를 내리고, 착오가 있었던 것 같다며 사과한다. 허위 신고나 다름없는 상황이었기에 사건은 그렇게 종결됐다. 장학사도 정 선생의 노고를 전해 듣고 깜짝 놀라며 영민이 어머니를 다그친다. 학교에서 영민이를 위해 이렇게나 노력했는데 그 수고를 거짓민원 제기로 갚는 것은 너무 가혹하지 않느냐고 말이다.

다음 날도 영민이는 등교하지 않았다. 자신의 잘못을 알아서일까? 담임을 모함한 게 미안해서일까? 글쎄다! 영민이문제는 아직도 해결되지 않았다. 정 선생은 가끔 생각한다.

자신과 영민이의 궁합이 맞지 않는 것인지도 모르겠다고 말이다. 학교에는 성격이 강한 교사도 있고 한없이 따뜻하고 부드러운 교사도 있다. 학생들도 강한 교사 앞에서는 움츠러들지만 착한 교사를 만나면 기세등등하여 무시하는 학생이 있다. 반대로 강한 교사에게는 더 거칠게 굴지만, 상냥한 교사는 온 정성을 다해 공경하는 경우도 있다. 정 선생과 영민이는 어떤 관계일까? 정 선생은 새삼 아직도 교직 내공이 부족하단 걸 느낀다. 언제쯤 이 모든 경우의 수를 헤쳐나갈 만한 내공을 쌓을 수 있을까? 혹자는 말한다. 내일모레가 정년인 원로교사도 그 내공은 부족하다고 말이다.

김 선생의 똘기와 아픈 손가락

휴대전화 압수가 불러온 작은 소동

체육과 김 선생은 올해 담임을 맡아 학생들과 학급의 규칙을 정하는 시간을 가졌다. '지각 및 결석 금지' '학습 분위기 해치지 않기' 등 기본적인 출결과 학교생활 관련된 내용 외에도 휴대전화 관련 규정이 포함되었다. '만약 일과 중에 휴대전화를 사용하다 적발될 경우 일주일간 압수한다'는 규정이다. 지금 같으면 학생인권조례에 따라 사장됐을 규정이지만, 몇 해 전만 해도 많은 학교가 이렇게 했다.

그런데 학급 규칙을 만든 지 며칠 되지 않아 불미스러운 사건이 터졌다. 민철이가 수업시간에 휴대전화를 사용하는 것을 목격했다는 신고가 들어온 것이다. 김 선생이 민철이를 불러 추궁하자, 민철이는 두말없이 규칙 위반 사실을 인정했다. 김 선생은 민철이 어머니에게 상황을 설명하고, 규정대로 휴대전화를 일주일간 압수하겠다고 동의를 구했다. 다행히도, 민철이 어머니는 김 선생을 이해해주었다.

문제는 다음 날 아침 발생했다. 민철이가 등교하지 않은 것이다. 민철이 휴대전화가 김 선생에게 있었기 때문에, 김 선생은 서둘러 민철이 어머니에게 연락했다. 하지만 아침 일찍 출근한 그녀는 그저 아들이 평소처럼 등교한 줄로만 알고 있었다. 김 선생은 갑자기 머릿속이 하얘진다. 만약 등교 중 불의의 사고라도 발생했다면 정말 큰일이다. 김 선생은 서둘러 교감 선생님께 상황을 설명하고 민철이를 찾아 나섰다. 오전 내내 근처 PC방, 만화방, 공원 등을 샅샅이 뒤졌지만, 민철이를 찾을 수 없었다. 김 선생은 학교로 돌아와 반장에게 의견을 물었다.

"네가 민철이라면 넌 지금 뭘 하고 있겠니?"

돌아온 답변은 명쾌했다.

"게임이죠."

김 선생이 "그렇겠지. 민철이가 지금 휴대폰이 없으니 연락도 해볼 수 없고 답답하구나"라고 말하니, 반장은 살짝 미소를 머금고 말한다.

"선생님! 민철이 형은 공기계까지 해서 핸드폰이 두 개예요."

민철이는 휴대폰을 제출할 때는 공기계를 내고, 본인의 휴대폰을 사용한다는 것이다. 김 선생은 곧바로 반장의 도움을 받아 게임에 접속했다. 아니나 다를까, 민철이 녀석은 신나게 게임에 몰두하고 있었다. 그것도 자기 집에서! 배신감이 하늘을 찌른다. 그래도 참을 수밖에 없다. 그는 화를 누르고 민철이를 데려온 뒤 학부모님께 자초지종을 설명하고 일을 마무리했다. 물론, 휴대전화는 돌려주지 않았다. 약속은 약속이니까!

민철이의 과거 이야기

담임에게 휴대전화를 빼앗긴 민철이에 대해 알아보자. 민철이는 1년 전에 학교를 자퇴했다가, 올해 초 재입학한 복학생이다. 공교롭게도 민철이가 자퇴할 때의 담임도 김 선생이었다. 민철이는 당시에도 불성실한 태도와 좋지 않은 출결로 담임과 교과 선생님으로부터 자주 핀잔을 들었다. 교우관계도 원만치 않아 혼자 지내는 시간이 많았다. 그러던 어느 날, 민철이는 학교를 뛰쳐나가 직업전선에 뛰어들었다. 김 선생은 끝내 민철이를 설득하지 못했다. 졸업장이 갖는 사회적 의미가 중요하다는 빈약한 논리로 그를 붙잡는 건 역부족이었고, 무엇보다 민철이의 진심을 헤아리지 못했다. 그렇게 떠나간 민철이는 김 선생 가슴 한 켠에 아픈 손가락으로 남았다.

김 선생이 민철이를 다시 만난 건 이듬해 화창한 5월 어느 날이다. 김 선생은 스포츠클럽 대회 뒤풀이를 위해 학생들과 고깃집을 찾았다. 민철이는 그곳에서 서빙을 하고 있었다.

"형! 여기 고기 추가요!"

"형, 음료수요!"

김 선생이 보기에도 민망할 정도로 여기저기서 쉴 새 없이 민철이를 불러댄다. 민철이 입장에서도 학교 후배 녀석들이 본인에게 고기와 음료를 달라고 시켜대는 모습이 탐탁지 않았을 것이다. 시간이 흘러 아이들의 배가 차고 벨소리가 어느 정도 잦아들자 김 선생은 조용히 민철이를 불러 물었다.

"왜 여기서 아르바이트하니? 삼촌 회사에서 일했잖아?"

그랬더니 민철이는 고개를 숙이고 "그냥요!"라는 말만 남긴 채 다른 테이블로 주문을 받으러 간다. 김 선생은 마음이 아프고 자꾸만 민철이가 신경 쓰였다. 학생들이 모두 배불리 먹고 돌아간 뒤에도, 집으로 향할 수 없어 장 선생을 불러

단골 호프집으로 향했다. 술잔을 기울이며 김 선생의 고민을 듣던 장 선생은 갑자기 책상을 탁 내리치며 제안했다.

"재입학을 권유해보면 어때요? 한 살 많은 게 뭐 대수인 가? 어차피 사회 나가면 한두 살 차이는 다 거기서 거기지."

장 선생의 말 한마디로 김 선생은 마음속 짐을 벗을 수 있는 희망을 얻었다.

다음 날 김 선생은 출근하자마자 민철이 어머니에게 전화를 걸었다. 여전히 우리 사회에서 고등학교 졸업장은 기본 중의 기본으로 여겨진다. 특히 시골로 가면 갈수록 학벌의 중요성은 더 커진다. 자식이 학교를 그만두고 고깃집에서 아르바이트하는 모습을 좋아할 부모가 어디 있겠는가. 이제 중요한 건 민철이의 의사다. 김 선생은 들뜬 마음으로 민철이를 찾아가 이야기했다.

"민철아, 재입학하는 게 어떻겠니? 지금은 어렵더라도 금세 적응할 거다."

김 선생은 민철이로부터 긍정적인 대답을 듣고 교무부장을 찾아가 의논했다. 교감 선생님은 전·입학 관리위원회를 소집한 뒤 '충분히 가능하다'는 답을 주었다. 이제 민철이는 김 선생의 아픈 손가락이 아니라, 새로 자라나는 새싹이 될 것이다.

휴대전화 전쟁의 시작

이렇게나 절절한 사연에도 불구하고, 민철이는 다음 날 또다시 등교하지 않았다. 김 선생은 이번엔 집부터 샅샅이 뒤졌다. 이번엔 정말 없다. 하긴, 어제 집에 숨어 있다가 들켰는데 또다시 집에 숨지는 않을 것이다. 학교로 돌아왔지만, 수업도 안되고 업무도 손에 안 잡힌다. 머릿속이 온통 그 녀석 생각뿐이다. 대체 왜 이런 일이 계속되는 걸까? 휴대전화를 압수한 것에 대한 반항심 때문일까? 이번에는 진짜 사고가 난 거라면 어쩌지? 안 되겠다! 휴대전화를 돌려줘야겠다! 요즘 학생은 휴대전화를 본인 목숨보다 소중하게 생각한다는데, 학급 규칙이 대수냐?

솔직히 김 선생은 이제 더는 민철이와 휴대전화 문제로 씨름하고 싶지 않았다. 그저 학생이 등교하는 게 더 중요했다. 어쩌면 이런 생각은 더는 괴로워하고 싶지 않다는 속마음을 합리화하는 것일지도 모른다. 그래도 어쩌겠는가. 김 선생은 휴대전화를 넣어두었던 책상 옆 서랍을 열었다. 그런데 놀랍게도 휴대전화가 감쪽같이 사라졌다.

'내가 잘못 넣어둔 건 아닐 테고, 누가 가져갔을까? 민철이 녀석일까? 언제 가져갔을까?'

이런저런 생각들이 난무하는 가운데 김 선생은 다시 정신을 차렸다. '여기서 물러서면 안 된다! 요즘 아이들이 얼마나 영악한데, 여기서 밀리면 지는 거다' 생각하며 눈을 지그시 감고 고민에 빠졌다. 하지만 아무리 생각해도 그 녀석이 아무도 모르게 학교에 들어와서 휴대전화를 가져갈 수는 없었을 것 같다. 하지만 만약 공범이 있었다면……? 생각이 꼬리를 문다.

"좋아! 끝까지 해보자! 기왕 이렇게 된 거 나의 특기를 보여주지."

그 특기란 바로,

"뚝기다!"

점심시간이 지난 뒤, 김 선생은 학급 아이들 앞에 서서 목소리를 낮게 깔고 단호하게 말했다.

"오늘은 수업보다 더 중요한 문제가 있다. 누군가 교무실에서 내 서랍에 손을 댔는데, 이건 명백한 범죄다. 난 반드시 잡아낼 거고, 이번 일을 알고도 가만히 있는 사람도 공범으로 같이 처벌할 거다!"

김 선생은 뭐든 한번 꽂히면 끝을 봐야 직성이 풀리는 성격이다. 그런 성격이 학생들 사이에서 '똘기'라는 별명을 얻게 해주었다. 그런 김 선생이 이번에는 휴대전화에 꽂힌 것이다.

아니나 다를까, 소문은 삽시간에 퍼졌다.

"똘기가 스마트폰을 찾는대!"

학생들뿐 아니라 동료 교사들 사이에서도 소문이 퍼진 모양이다.

"김 선생! 스마트폰 분실했다며?"

김 선생은 옅게 미소 짓는다. 1차전은 이걸로 충분하다. 이제 기다리기만 하면 된다.

이틀 뒤, 갑자기 관할 경찰서로부터 김 선생을 찾는 전화가 왔다.

"선생님, 도난 신고가 들어와서 연락드렸습니다."

김 선생은 그 말을 듣고 약간 당황했지만, 이내 차분하게 무슨 일이냐고 물었다.

"혹시 학생의 휴대전화를 빼앗으신 적이 있나요? 학생이 휴대전화를 돌려받길 원합니다. 선생님이 자신의 휴대전화를 분실했다고 하면서요."

김 선생은 일단 그쯤에서 통화를 마무리했다.

"그럼 이제 슬슬 2차전을 시작해볼까?"

김 선생의 역습

우선 이로써 민철이가 휴대전화를 가져가지 않은 것은 확실해
졌다. 직접 가져갔든, 친구를 동원해서 가져갔든, 본인이 휴대
전화를 가지고 있다면 이렇게 대담하게 경찰서에 신고할 생각
은 못 했을 것이다. 아무리 철없는 학생이라 할지라도 이 정도
로 무모한 짓을 벌일 수는 없다. 김 선생은 2차전을 실행하기
위해 민철이 어머니에게 전화를 걸었다. 그리고 목소리를 최
대한 무겁게 내리깔고 말했다.

"어머님! 이제 저는 선생이 아닙니다. 민철이한테 저는 선
생이 아니라 범죄자니까요! 저도 이제는 가만히 있지 않겠습
니다. 민철이를 무고죄로 고소할 겁니다!"

단단히 벼르고 한 연기였다. 김 선생은 이번엔 학생들을
상대로 작전을 이어갔다.

"나는 지금 고발당했다! 학생이 선생님을, 그것도 담임
선생님을 신고한 거다."

말을 끝내고 김 선생은 주위를 훑어보았다. 그 속마음까

지 세세하게 읽을 순 없지만, 다들 눈을 동그랗게 뜨고 믿을 수 없다는 반응을 보이고 있었다. 그렇다면 마지막 결정타가 필요하다.

"학교는 수사권이 없어 너희를 조사하지 못한다. 따라서 나는 공권력을 활용하여 내 억울함을 풀 것이다!"

교실 안이 웅성웅성해졌다. 개중에는 또 재미있는 일이 벌어지겠구나, 기대한 학생도 있을 테고, 불안에 떠는 학생도 있을 거다. 아니나 다를까, 김 선생의 발언은 또다시 삽시간에 퍼졌다. 그는 이제 확실한 '또라이'가 된 거다. 동료 선생님들은 "아무리 세상이 변했어도 교사가 학생을 신고한다는 게 말이 되느냐?"라는 반응이다. 그냥 휴대전화 값을 물어주고 그만하라는 거다. 실제로 우리나라 교사 대부분은 이렇게 싸우지 않고 물러선다. 그래도 김 선생은 주먹을 불끈 쥔다. 여기서 포기하지 않고 끝까지 싸울 것이다. 절대 교사가 만만하지 않다는 것을 보여줄 것이다. 믿기지 않겠지만 김 선생의 작전은 지금도 순조롭게 진행되고 있다.

이제 김 선생의 똘기로 학교 전체가 술렁거린다. 일부 학부모도 관심 있게 지켜보고 있다. 어느 날, 일과 마친 후 장 선생이 김 선생에게 말한다.

"맥주 한잔?"

하지만 김 선생은 괜찮다고 손사래를 쳤다. 위로해주려고 그러는 것임을 알았지만, 그는 혼자 있고 싶다고 말하고 집으로 향했다.

아마도 영원히 아리고 아플 손가락 하나

또다시 하루가 지났다. 김 선생은 출근하는 내내 마음이 무거웠다. 이제 슬슬 불안하고 초조해진다. 시간이 흐르면 김 선생에게 절대적으로 불리해진다. 사람들 반응이 무뎌지기 때문이다. 이 사건이 잊히기 시작하면 그의 작전은 실패로 돌아간다. 하루 이틀 안에 승부를 봐야 한다. 하지만 더 이상 쓸 수 있는 패가 남아 있지 않다.

이런저런 생각을 하다 보니 어느새 학교에 도착했다. 여느 날처럼 현관에 들어서서 신발장을 여는데, 이럴 수가! 김 선생이 그토록 찾던 민철이의 휴대전화가 실내화 위에 살포시 놓여 있었다. 순간 김 선생은 소리쳤다.

"됐다!"

그러고는 휴대전화를 그대로 놔둔 채 재빨리 교무실로 향했다. 그리고 지퍼백을 들고 돌아와서 휴대전화를 담았다.

그다음 곧바로 교실로 향했다.

"봐라! 이게 바로 그 녀석이 훔쳐 갔다가 다시 돌려놓은 아이폰이다!"

학생들은 또다시 웅성거렸다. 도무지 믿기 힘든 광경이기 때문이다. 보통 학교에서 도난 사건이 발생하면 열이면 열 전부 찾지 못한다. CCTV가 있긴 하지만, 학생의 인권을 침해할 수 있기 때문에 범죄행위가 명백할 때만 확인할 수 있다. 무엇보다 요즘 학생들은 똑똑하다. 뻔히 CCTV 카메라가 설치된 곳에서 범죄행위를 벌일 만큼 무모하지는 않다.

김 선생은 약간 상기된 목소리로 말을 이어갔다.

"여기 있는 아이폰에는 무슨 증거가 남아 있을까? 우선 지문이 있을 것이다. 그뿐만이 아니다. 휴대전화를 훔친 뒤 한 번이라도 전원을 켰다면 그 시간과 장소 정보가 기지국에 잡혔을 것이다!"

김 선생은 이를 통해 범인을 쉽게 잡을 수 있을 거라고 말했다. 그리고 그 순간 한 학생의 얼굴이 일그러지는 것을 보았다. 하지만 심증일 뿐이다. 그리하여 마지막 쐐기를 박았다.

"오늘 점심까지 범인이 자수하면 정상참작한다. 하지만

151

그러지 않으면 나는 경찰서로 간다!"

학교라는 곳은 굉장히 좁아 소문이 금세 퍼진다. 한두 시간쯤 지났으려나? 두 명의 학생이 교무실로 김 선생을 찾아왔다. 평소 김 선생과 친분이 두터운 아이들이었다. 짐짓 놀라 "너야?"라고 물으니, 학생들은 눈을 마주치지 못한다. 굉장히 슬펐다. 김 선생은 일단 학생들을 돌려보냈다. 그냥 혼자 있고 싶었다.

퇴근할 즈음 김 선생은 영어과 민 선생을 찾았다.

"형님! 술 한잔하시죠!"

민 선생은 이유를 묻지 않고 그저 그의 어깨를 툭 치며 함께 호프집으로 향했다. 평소 그렇게 시원하던 맥주가 그날따라 김빠진 것처럼 밍밍했다. 둘은 별말 않고 맥주 두어 잔을 마신 뒤 헤어졌다.

다음 날 김 선생은 민철이 어머니에게 전화를 걸었다.

"어머님! 제가 휴대전화를 잃어버린 건 맞는데, 민철이 녀석을 고소하진 않았어요. 아무리 세상이 변했다 한들 어떻게 선생이 학생을 신고할 수 있겠어요?"

김 선생은 무고죄 운운했던 것은 진범을 잡기 위한 연막작전이었다고 설명해주었다. 그러자 민철이 어머니는 눈물을 흘리며 김 선생을 신고한 것에 대해 민철이 대신 용서를 구했다. 김 선생의 눈가도 촉촉하게 젖어들어갔다.

이렇게 해서 김 선생의 '뚤기' 사건은 마무리됐지만, 민철이는 결국 학교를 그만두었다. 김 선생은 민철이의 두 번째 자퇴서에도 직접 도장을 찍었다.

4장

교사내전,
아직 끝나지
않았다

코로나19, 올해는 1년 내내 방학인가?

원로교사도, 초보 교사도 온라인수업 삼매경

코로나19 사태로 학교 현장은 비상이다. 역사상 유례없는 온라인수업으로 학생과 학부모뿐만 아니라 교직원 모두 어수선한 상황이다. 대면수업에 익숙한 교사들은 인터넷 기반 강의 준비가 낯설고 혼란스럽다. 학생들은 개개인의 수준 차이를 온전히 반영하지 못하는 EBS 강의가 온라인수업을 대체하게 되는 것을 우려한다. 학부모들도 온라인 강의 탓에 학습 격차가 커질지도 모른다고 한숨을 쉰다. 오늘날 코로나19 사태가 만든 우리 학교 현장의 실상이다.

2020년 4월 초, 학교는 온라인 개학을 맞이했다. 수업 일수를 고려했을 때 더는 개학을 미룰 수 없다는 판단에서 나온 교육부의 고육지책이었다. 난생처음 접하는 온라인 개학!

무엇을 어디서부터 어떻게 시작해야 할지 교사와 학생, 학부모 모두 막막했다. "영상을 녹화하여 강의를 업로드한다. 화상 채팅 어플리케이션을 활용하여 쌍방향 수업을 한다. SNS를 활용하여 실시간 출석 체크 및 숙제 검사를 한다." 교육부가 제시한 온라인 학습 방식이다. 좋은 방법이지만, 컴퓨터나 SNS 등 정보화기기 사용에 익숙하지 않은 교사들은 난감하다. 교육연구정보원에서는 부랴부랴 일선 학교에 공문을 보내 교원의 정보화기기 활용을 돕기 위한 연수를 진행했다. 그곳에서 본 인터넷 기반 수업은 장 선생에게 신세계였다.

"장 선생, 이거 큰일이네"

퇴직을 앞둔 원로교사 이 선생이 장 선생에게 말한다. 8월 말 정년을 앞둔 이 선생은 머리가 아프고 걱정이 태산 같다. 앞으로 석 달만 근무하면 정년 퇴임인데, 낯선 온라인수업을 준비해야 한다니 말이다. 이 선생은 지난 35년간 학생들과 대면수업을 했다. 수업 중 학생의 표정이나 몸짓 변화를 통해서 수업 만족도를 확인해왔다. 고개를 끄덕이는 모습, 허리를 꼿꼿이 세우고 필기하는 모습, 교사의 말에 박장대소하는 모습은 이 선생을 춤추게 했다. 그런데 별안간 학생이 아닌 카메라 렌

즈를 보고 수업을 하라니? 도통 용기가 나지 않는다. 그렇다고 안 할 수도 없는 노릇이다. 이 선생은 마지막까지 도리를 다하겠다고 다짐하고 강의 녹화를 시작한다. 그동안 모아둔 자료에 설명을 추가하여 수업자료를 만든다. 이 영상을 온라인 클래스에 업로드하고, 출석율과 수업 진도를 확인한다. 이를 보고 장 선생은 생각한다. 비록 완벽하진 않지만, 내일모레 퇴임을 앞둔 원로교사로서 이 정도면 잘했다. 정말 대단하다.

장 선생은 교육연구부장으로서 동료 교사에게 도움이 될 수 있도록 자신의 수업 방식을 공개하기로 마음먹었다. 그는 평소에도 온라인 클래스를 활용하여 수행평가를 체계적으로 관리해왔다. 이러한 경험을 살려 쌍방향 온라인수업에 도전해보기로 했다. 구글 클래스를 활용하여 학급방을 개설하고 학생들을 초대한다. 이제 학급방에 들어온 학생들은 모니터를 통해 장 선생의 얼굴을 실시간으로 볼 수 있다.

"얘들아 안녕!"

장 선생이 손짓하자 학생들은 실시간 채팅으로 답변한다. 장 선생이 화면 속 창현이를 마우스로 클릭하자, 창현이의 얼굴이 모든 학생들의 화면에 크게 떠오른다. 그러자 창현이의 얼굴은 쑥스러운 듯 붉게 물든다. 다른 학생들이 그 모습을 보고 웃는 가운데, 장 선생은 창현이에게 지난 시간에 공부한 정부 형태에 대해 질문한다. 창현이의 대답은 방에 있는 사람들에게 실시간으로 전달된다. 다른 학생들은 창현이의 답변에 대하여 코멘트를 남긴다.

장 선생은 이번에는 형성평가를 실시한다. 미리 업로드해둔 문제를 클릭하자, 화면에 OX 문제가 나타난다. 학생들이 답을 입력하고 완료 버튼을 누르자 결과가 떠오른다. 자신의 등수도 곧바로 확인할 수 있다. 수업은 이제 후반부를 향해 간다. 장 선생은 수업 중간에 진행할 수 있는 과제물을 제시한다. 각자 과제를 작성하고 제출 버튼을 누르면 된다. 장 선생은 과제 진행 상황을 수시로 확인할 수 있다. 그런데 진혁이의 과제 진행 상황이 나타나지 않는다. 장 선생은 진혁이가 실시간 채팅으로 다른 친구들과 떠들며 놀고 있는 것을 발견하고, 즉각 주의를 준다. 만약 사정상 학생들의 과제를 실시간으로 확인하지 못하더라도 걱정 없다. 학생이 제출한 과제는 장 선생의 메일로 전송되기 때문에, 수업이 종료된 후에도 언제든 확인할 수 있다.

수행평가도 온라인을 통해 진행한다. 객관식 문항일 경우 학생들의 답안은 제출과 동시에 자동으로 채점되고, 서술형 문항은 교사의 채점 결과가 학생들에게 즉시 전송된다. 과거에 학생들을 불러 일일이 점수를 확인하게 하고 자필 서명을 받던 때를 생각하면 처리 과정이 반의반으로 줄었다. 장 선생은 코로나19로 인한 온라인수업 체제가 끝나더라도 온라인 학습을 적극 활용할 계획이다. 교사가 학생 산출물을 관리하며 들였던 수고와 노력을 컴퓨터가 대신해줌으로써 수업 연구에 쏟을 수 있는 시간이 많아졌기 때문이다.

한편, 장 선생의 수업을 참관한 수학과 강 선생은 마음이 편치 않다. 그는 온라인수업에 도통 익숙해지지 않는다. 여러 번 강의 녹화를 시도해보았지만, 아무도 없는 교실에서 혼자 떠드는 것이 머쓱해서 좀처럼 입을 뗄 수가 없었다. 하는 수 없이 강 선생은 EBS 교육방송 강의를 온라인 클래스로 학생들에게 전달하기로 했다. 대신 출석 및 강의 진도율 확인, 과제물 검사에 더 신경 쓰기로 하였다. 이처럼 정 수업 영상 제작이 어렵다면, EBS 강의를 활용할 수 있다. 물론 이는 강 선생처럼 학생 관리를 확실히 책임진다는 전제하에서 가능한 것이다. EBS 강의는 전국 불특정 다수의 학생에게 일률적인 가르침을 제공한다는 문제가 있기에, 강 선생은 학생의 수준을 고려하여 맞춤형 과제를 제시하고 학습방을 활용하여 적극적으로 질의응답을 받는 식으로 학습 격차를 줄이고 있다.

　모든 교사들이 처음 접해보는 온라인수업 앞에서 어색함을 느끼고 있지만, 가장 막막한 이는 체육과 김 선생일 것이다. 교육부는 실기 수업 중심인 예체능 교과나 특성화고등학교는 우선 이론수업을 집중적으로 진행하라는 지침을 내렸다. 하지만 김 선생은 생각한다. 이론수업도 중요하지만, 실기가 병행되지 않는 체육이 무슨 의미가 있겠는가. 김 선생은 마침내 묘안을 짜내었다. 수업시간에 집 안에서 할 수 있는 실내운동을 제시하기로 한 것이다. 유튜브에 좋은 영상이 많이 올라와 있기에 이를 공유하기도 하지만, 가급적 직접 녹화한다. 저작권 문제가 있기 때문이다. 또 운동 동작의 기본 원리와 근육계의 변화를 잘 이해하고 있는 김 선생의 영상이 유튜브에 떠도는 영상보다 학습에 더 유익하다. 과제는 학생들이 각자 자신이 운동하는 모습을 영상으로 찍어서 학습방에 올리는 것이다. 김 선생은 그 영상을 확인하고 우수한 동작과 잘못된 동작에 대하여 피드백한다. 또한 학생들은 자신이 경험한 운동의 효과를 보고서로 작성하여 올린다.

교사는 학생과 함께할 때 비로소 교사가 된다

이렇듯 코로나19 시국 속에서 교사들은 각자의 정보화기기 활용 수준에 맞추어 온라인수업을 진행하고 있다. 여러 우여곡절이 있긴 하지만 온라인수업이 그럭저럭 잘 이루어지고 있는 이유는 무엇일까? 초고속 인터넷 보급률 1위 대한민국이라서? 교사의 실력이 뛰어나서? 아니다. 학생들의 뛰어난 지적 수준과 탁월한 학습능력 때문이다. 특히 중고등학생쯤 되면 기술 활용력이 성인에 필적하거나 그보다 더 뛰어난 수준이 된다. 문제는 초등학교다.

장 선생은 고교 동창 안 선생의 말을 들으며 고구마를 잔뜩 베어 문 듯 답답한 마음이었다. 초등학교 2학년 담임교사인 안 선생은 초등학생들의 집중력은 평소에도 채 10분을 넘지 못한다고 말한다. 아니, 집중력을 논한다는 것 자체가 우스울 정도다. 온갖 손짓과 몸짓을 동원해 시선을 끌어도 선생님을 응시하는 것은 잠시뿐, 학생들은 이내 산만해진다. 한 학생의 질문에 대답하고 있으면, 나머지 학생들은 금세 어수선해진다. 대면수업도 이러할진대, 온라인으로 수업을 진행하라니 안 선생은 눈앞이 깜깜하다.

문제가 또 있다. 바로 컴퓨터다. 대체로 중고등학생들은 자신을 통제할 수 있다. 집에 부모가 없는 상황에서도 교사의 수업에 집중할 수 있다는 것이다. 무엇보다 온라인수업에 참여해야 한다는 당위성을 안다. 하지만 초등학교 저학년 학생들이 과연 컴퓨터 앞에서 게임의 유혹을 물리칠 수 있을까? 현실적으로 초등학생이 온라인수업을 잘 듣기 위해서는 부모나 조부모 등 조력자가 필요하다. 하지만 각 가정의 사정으로 이 또한 쉽지 않다. 이에 교육부는 초등학교 저학년을 대상으로 EBS 텔레비전 방송 수업을 만들었다. 학생들은 평소 TV를 보는 것처럼 학교 수업을 받을 수 있다. 최근에는 '호랑이 선생'이라는 스타 선생님이 탄생했는데, 언제나 "호랑이 새끼들 잘 있었어?" 하며 학생들에게 익살스럽게 다가가는 등 유머 감각이 풍부해 학생과 학부모 들에게 인기가 많다.

이러한 노력에도 온라인 개학의 한계는 분명하다. 가장 대표적으로, 온라인수업을 통해 교과 지식을 전달할 수는 있지만 인성과 사회성을 길러주기는 어렵다는 점이 있다. 온라인수업에는 또래 친구들과 상호작용하는 가운데 자연스레 사회화되는 과정이 생략되어 있다. 교사는 단순히 기계적으로 수업만 하는 사람이 아니다. 교사는 학생과 함께할 때 비로소 교사가 된다.

온라인수업을 원활히 진행하기 위해서는 학부모의 도움이 절실히 필요하다. 최근에는 쌍방향 화상 수업도 점점 확대되고 있다. 이러한 변화는 긍정적이다. 하지만 학부모의 과도한 개입이 학습을 방해하게 되는 부작용이 심심찮게 나타나고 있다. 앞에서 언급한 초등학교 교사 안 선생은 학교장에게 경고를 받았다. 한 학생만 편애한다는 민원 때문이다. 수업에 집중하고 있는 학생을 보고 몇 차례 발표를 시켰는데, 아이와 함께 수업을 듣고 있던 학부모가 이를 보고 민원을 제기한 것이다. 수업시간에 아이에게 질문했는데, 학부모로부터 답변이 돌아오는 일도 있다. 교사가 수업에 임함에 있어 학부모 참여에 대한 부담감을 떨칠 수 없는 현실이다.

물론 학부모들도 나름대로 고충이 있다. 일주일에 한두 번 이루어지는 화상 수업으로 자녀들 수업의 질을 높이는 데는 한계가 있다. 또 사립학교와 국공립학교 간 수업의 질적 차이 등으로 인해 원격수업에 대한 학부모의 불만이 점점 고조되고 있다. 장 선생은 생각한다. '이건 시작에 불과하다'고. 앞으로의 온라인수업은 교과 지식뿐만 아니라 세상을 살아가는 지혜 또한 전달할 수 있어야 할 것이다. 그리고 그를 위해서는 교사와 학생, 학부모 모두의 관심이 요구된다. 하지만 여전히 혹자는 다음과 같은 말로 교사를 비꼰다.

"올해는 1년 내내 방학이네?"

교사들은 대충 온라인수업이나 진행하며 놀고먹지 않느냐고 비꼬는 거다. 안 그래도 방학까지 있는데 말이다. 글쎄, 과연 그럴까? 교사들은 방학에 무엇을 하며 보낼까?

1급 정교사 자격 연수란 무엇인가?

장 선생은 초임 교사 시절 조선일보와 전국경제인연합회 주관으로 떠난 경제 체험에서 전국의 사회 교과 선생님들과 함께할 기회가 있었다. 장 선생은 그곳에서 유독 '1정 연수'라는 말을 자주 들었다. 우선 자기소개 하는 자리에서부터 "저는 1정 받았습니다"라는 말이 빈번하게 등장했다. 또 젊은 교사들은 원로교사들로부터 교직 경력에 대한 질문을 받으면 "저는 작년에 1정 받았습니다"라는 말로 답을 대신했다.

여기서 말하는 1정 연수는 '1급 정교사 자격 연수'의 줄임말로 교직생활 4년 차에 접어들면 받는 연수다. 보통 여름방학 기간에 사범대학이나 교육연수원 등에서 진행되는데, 교육 시간은 90시간 이상이다. 대개 관련 학과 전공 교수와 시도교육청 장학사 등의 전문 강사를 초빙하고, 예체능 및 전문 교과는 실습도 진행한다. 1정 연수를 수료해야만 초임 교사 딱지를 뗄 수 있다. 또 연수를 수료하는 즉시 호봉이 승급되어 기본급이 올라간다. 교감 승진에서도 1정 연수 점수는 매우 큰 비중을 차지한다. 그러니 1정 자격 연수는 교직사회에서 경제적·사회적으로 매우 중요한 의미가 있는 것이다.

갑자기 장 선생의 업무용 메신저에 수신을 알리는 노란색 불이 깜빡거린다. '1정 연수 김○○, 친목 모임.' 오늘은 역사과 김 선생의 1정 연수 축하 모임이 있는 날이다. 교직사회에는 후배 교사가 1정 연수를 받게 되면 선배 교사들이 나서서 기운을 북돋아주는 전통이 있다. 꼭 같은 과가 아니더라도 같은 학교에 근무하는 선배 교사들이라면 누구나 나서서 축하해주려 한다.

그날 저녁 인근 호프집에서 열린 김 선생의 1정 연수 축하연. 모임이 시작하자마자 영어과 민 선생이 볼펜 세트를 선물한다.

"이 볼펜심 다 쓸 때까지 공부해!"

보건교사 임 선생은 1,000원짜리 지폐 30장을 건넨다.

"커피 뽑아 먹으면서 졸지 말고 공부하세요."

미술과 정 선생은 샤프펜슬을 내민다.

"여기 있는 샤프심 다 쓰고 와야 해!"

모두가 각자 준비해 온 선물을 전달하고 나면, "나 때는 말이야~"로 시작하는 1정 연수 경험담을 늘어놓으며 맥주를 마시기 시작한다.

김 선생이 받은 선물을 보면 알겠지만, 1정 연수는 시험으로 시작해서 시험으로 끝난다. 오늘 모임도 김 선생에게 연수 성적 잘 받는 비결을 전수하는 선배들로 시끌벅적하다.

"강의실 앞자리에 앉아야 해! 학급 반장은 필수야! 술도 많이 마셔야 해!"

이들은 왜 하나같이 1정 연수 성적에 목을 매는 걸까? 그 이유는 간단하다. 바로 승진 가산점이다. 1정 연수는 평교사로 근무하는 동안 단 한 번 있는 유일한 자격 연수다. 그러므로 교감 승진에 조금이라도 관심이 있는 교사라면 여기서 부여되는 가산점에 신경을 곤두세우지 않을 수 없는 것이다. 생각해보라. 교직 경력 4년 차에 받는 점수가 앞으로 수십 년 뒤 본인의 미래에 절대적인 역할을 한다면 얼마나 두려운 일인가? 지금은 승진에 관심이 없다 해도, 사람의 미래는 모르는 거다. 뒤늦게 승진을 준비하다가 1정 연수 점수가 발목을 잡아 미끄러지는 경우도 자주 보인다.

1정 연수 점수는 상대평가로 부여된다. 함께 연수받는 교사들을 무조건 이겨야만 승진의 기회를 얻을 수 있다. 야생에서 벌어지는 적자생존의 법칙이 교직에도 있는 것이다. 장 선생은 충남에 있는 사범대에서 1정 연수를 받았다. 연수는 방학 기간 4주 동안 각 전공 교과별로 구분되어 이루어지는데, 대략 한 반에 40명 내외로 구성된다. 만약, 기술이나 가정, 공업계, 농업계, 상업계 교과 등 대상 교원의 수가 적은 경우는 한데 모여 연수를 받기도 한다. 물론 주요 과목 역시 해당 연도에 연수 대상자가 적으면 인근에 있는 다른 도시에서 집합 연수를 받는다. 장 선생은 전북에 거주하지만 연수는 충남 공주에서 받았다. 어쩔 수 없이 연수 장소 인근에 원룸을 잡아 한 달간 생활했다.

올해 장 선생 과목은 한 반에 31명씩 62명으로 구성됐다. 이 중 한 명만 100점을 받는다. 비율에 따라 99점은 두 명 정도 나온다. 교과별 만점자에게는 대학 총장상이 수여된다. 대개 97점 이상이면 연수 성적이 좋은 편이라고 한다. 93점에 가까우면 중간 정도고, 80점대 점수를 받았다면 우스갯소리로 승진 포기자라고 말한다.

연수 기간 내내 무더위가 기승을 부린다. 땀을 삐질삐질 흘리며 강의실에 도착하니, 수업 시작 10분 전인데도 강의실은 사람들로 가득 차 있다. 잠시 후 조교가 강의실로 들어오더니, 반장을 뽑는다. 반장은 이번 연수 기수의 대표로, 모임을 주최하고 교수나 장학사의 강의 자료를 준비한다. 요즘은 그런 관례가 많이 사라졌지만, 보통 반장은 연수에서 높은 점수를 받는다. 가장 앞자리에 앉아 있던 이 선생이 자원했다. 이 선생은 신규 교사 연수 때 장 선생의 옆자리에 앉았다. 장 선생은 이 선생을 운동 잘하고 술도 잘 마시고, 분위기를 주도하는 멋진 사람으로 기억한다.

반장 임명이 끝나고 본격적인 수업이 시작되었다. 교직 실무에 관한 이론수업인데, 맨 뒷자리라 화면이 잘 보이지 않는다. 하지만 대신 색다른 재미를 찾았다. 수업 도중 누가 성적에 신경을 쓰고 목을 매는지 파악하게 된 것이다. 눈에 띄기 위해 열심히 수업을 듣고 발표와 질문을 하는 모습을 보고 있노라니 왠지 약간 불편하다. 이들은 대체 무엇을 위해 이토록 열심인가? 정반대의 행동 패턴을 보이는 인물들도 눈에 들어온다. 이들은 수업시간에 휴대전화를 만지작거리는가 하면, 과제도 건성으로 제출한다. 심지어 수업 중간에 나가는 사람도 있다. 여기 앉아 있는 사람들은 모두 교사다. 학교에서는 수업에 집중하라고 학생들을 채찍질할 것이다. 그런데 막상 본인이 수업을 듣는 입장이 되면 그런 기억은 다 잊어버리는 모양이다.

이처럼 1정 연수에 임하는 교사는 크게 두 부류로 나눌 수 있다. 우선 열심히 공부해서 승진하고자 하는 목표가 뚜렷하거나 승진에 조금이라도 관심을 가지고 있는 사람들이 약 70퍼센트 정도를 차지한다. 나머지 30퍼센트는 사립학교 교사거나 승진에 전혀 관심 없는 극소수 국공립학교 교사다. 특히 사립학교 교사는 승진에 있어 1정 연수 점수가 중요하지 않기 때문에 국공립학교 교사보다 상대적으로 편한 마음으로 연수에 임한다.

그렇다면 첫 번째 부류의 연수 생활을 살펴보자. 그들은 수업이 끝나면 곧장 도서관이나 기숙사로 가서 그날 배운 내용을 정리하고 다음 날 수업을 준비한다. 과목별로 다르긴 하지만, 대체로 연수 마지막 날에는 온종일 시험만 본다고 생각하면 된다. 그 시험 결과와 수업 때 진행된 중간 평가를 합하여 최종 성적이 부여된다. 관건은 똑같이 주어진 시간을 누가 더 효율적으로 활용하느냐다. 따라서 정말 치열한 경쟁이 이

171

루어진다. 이에 반해 두 번째 부류는 상대적으로 자유롭다. 세월아 네월아 하며 마치 대학 시절로 돌아간 듯 낭만을 즐긴다. 근처 호프집에 모여 각자 학교에서 있었던 일들을 안주 삼아 맥주를 즐긴다.

최근엔 1정 연수 성적 산출 방식을 절대평가로 전환하려는 움직임이 보인다. 연수 기간 중 벌어지는 과도한 경쟁의 후유증이 크기 때문이다. 또 단 한 번의 연수 성적이 20년 뒤 교감 승진에 절대적인 영향을 미치는 것도 불합리하다. 1정 연수 성적이 좋지 못하여 일찌감치 승진을 포기하는 '제일교포' 교사를 양산하는 것도 문제다. 이들은 대개 자신의 업무를 게을리하고, 쉽게 무사안일주의에 빠지는 경향이 있다.

교육부는 1급 정교사 자격 연수 성적 취득에 있어 과도한 경쟁 및 부담을 완화하고, 1정 연수 성적이 낮은 교원의 승진 포기 현상을 바로잡고자 1정 연수 평가 체제를 개선하겠다고 공고했다. 그 세부 내용은 첫째, 절대평가 방식으로의 전환이다. 시험에서 60점 이상을 취득한다면 전원 통과시킨다는 방침이다. 만약 연수를 수료하지 못할 경우에는 재연수 기회를 제공하기로 했다. 둘째는 분임 학습, 실행 학습, 연구 활동 등 수행 위주의 교육과정을 개설하여 연수 효과를 높이고 연수생의 자발적 참여를 유도한다는 방침이다. 아울러 불성실하거나 비협조적인 연수생에게는 페널티를 강화하여 자격 연수의 질적 하락을 예방하기로 했다. 마지막으로 셋째는 교감 승진에서 1정 자격 연수 성적을 반영하지 않겠다는 방침이다. 이로써 교감 승진을 위해 피나게 노력했던 첫 번째 부류는 사라지게 되는 것이다.

글쎄다. 무엇이 옳은 방향인지 판단은 각자에게 맡기겠다. 1정 연수는 평교사 시절 받는 유일한 자격 연수라는 점에서 한 달간 온 힘을 기울여 전공 교과를 탐색하는 것이 바람직하다. 이를 통해 본인의 전공수업에 관한 이해도가 한 단계 상승하리라는 것도 의심의 여지가 없다. 하지만 연수 기간이 과도한 경쟁과 치열한 눈치 싸움으로 점철된다면 연수생 간 협력과 공동 성장은 어려워질 것이다.

직무연수, 안 하면 살아남을 수 없다

교사들은 방학 기간에 연수를 받기도 하고, 계절제 수업으로 대학원 과정을 수강하기도 한다. 현직 교사의 절반 이상이 석사 과정을 졸업했는데 이들 중 상당수는 방학 기간을 활용하여 대학원 과정을 마쳤다. 장 선생도 이번 방학에 연수를 신청했다. 방학 때 교사가 받는 연수 중 직무연수라는 것이 있다. 직무연수 주제는 영어회화, 여행, 미술, 음악, 자격증 등으로 다양하며, 교사 본인의 전공, 흥미, 관심, 선호도에 따라 자유롭게 신청한다. 1정 연수처럼 모두가 함께 모여 수강하는 집합 연수도 있고, 인터넷을 활용한 원격 연수도 있다. 이처럼 다양한 직무연수가 제공되는 이유는 교사는 빠르게 변화하는 학생의 다양한 요구에 적절히 대처하기 위해 끊임없이 자기 계발해야 하기 때문이다. 따라서 모든 교사는 매년 90시간 이상 연수를 받는다.

상훈이는 드론을 개발하고 싶다. 재훈이는 웹디자인을 즐긴다. 현진이는 바리스타를 희망한다. 도훈이의 꿈은 유튜버다. 학기 초 장 선생이 개별 면담을 통해 파악한 학생들의 관심사와 취미는 장 선생 유년 시절의 그것과는 차이가 크다. 당시 학생들의 장래희망은 교사, 의사, 법조인, 공무원, 회사원 등으로 단순했다. 이러한 직업들은 워낙 잘 알려져 있고 관련 자료도 쉽게 구할 수 있으므로 진로 상담을 하는 데 어려움이 없다. 하지만 앞서 말한 드론 개발자, 바리스타, 웹디자이너, 유튜버 등에 대해서는 교사가 따로 공부하지 않으면 해줄 말이 없다.

교과 수업 역시 마찬가지다. 지난달, 장 선생은 회식이 있어 영어과 민 선생의 차를 얻어 탔다. 민 선생이 시동을 걸자, 카오디오에서 영어방송이 흘러나온다. 장 선생은 존경의 눈빛으로 민 선생을 바라보았다. 민 선생은 지난 30년간 출퇴근 시간 30분 내내 영어방송을 들어왔다고 한다. 영어 발음에 익숙해지도록 하기 위함이다. 장 선생은 물었다.

"전공도 영어인데, 차 안에서까지 영어방송을 들으면 지겹지 않으세요?"

그러자 돌아온 대답은 단순했다.

"이렇게 안 하면 못 살아! 요즘 애들 유학파가 얼마나 많은데!"

요새는 민 선생 본인보다 영어 발음이 좋고, 어휘도 다양하게 구사하는 학생들이 많다는 것이다. 자칫하다간 창피당하기 십상이다. 수업을 진행하는 교사가 학생보다 실력이 못하다는 것은 너무 수치스러운 일이다. 이 때문에 민 선생은 지금껏 한 번도 영어 공부를 게을리 한 적이 없다. 끊임없이 연구하지 않으면 학교에서 살아남을 수 없다. 이는 비단 영어과만의 문제가 아니다. 이제 『수학의 정석』 한 권으로 수업을 진행하는 수학 교사는 없다. 사회 문제의 도표는 날로 복잡해지고 그 해석 방식도 나날이 고차원화되어간다. 정치와 법을 담당하는 교사는 최근의 정치 상황과 대법원 판례를 수시로 확인해야 한다. 그러면서 동시에 한쪽으로 치우치지 않도록 양쪽 주장을 적절히 안배하여 균형 있는 수업을 진행해야 한다.

마이스터고등학교 같은 특목고의 상황도 비슷하다. 공업계 아두이노 교과를 가르치는 오 선생은 방학이 더 바쁘다. 그가 대학에서 배운 내용은 이론에 지나지 않았다. 오 선생 본인 역시 이론 중심의 학습에 익숙하다. 그러나 특성화고나 마이스터고 수업은 이론과 실습을 겸비해야 한다. 졸업 즉시 직업전선에 투입할 수 있는 실무자를 양성해야 하기 때문이다. 따라서 오 선생은 방학 기간에 합숙하며 일반 대학에 개설된 현장 교육을 받는다. 학기 중에는 전공 연수를 신청하여 전문가를 초빙한다. 실제 학교 현장에서 요구되는 살아 있는 지식을 배우는 것이다. 이처럼 학교 현장에 있는 교사는 직무연수라는 이름으로 끊임없이 노력하고 있다.

다행히 교원의 직무연수를 지원하기 위한 인프라는 많이 구축돼 있다. 각 시도교육청이 운영하는 교육연수원이 있고,

일반 대학에서 운영하는 집합 연수나 원격 연수가 있다. 기업에서 운영하는 원격연수원도 있으며, 교육청은 교직원의 요구에 따라 찾아가는 맞춤 연수를 제공한다. 교육전문직인 장학사나 연구사를 통해 장학 컨설팅을 받을 수도 있고, 아예 일반대학원이나 교육대학원에 진학하여 본인의 전공 실력을 심화발전시킬 수 있다.

오늘은 유 선생의 파견 송별회가 있다. 농업과 교사인 유 선생은 학교 인근 폴리텍대학에서 6개월간 실습 위주의 수업을 경험하게 될 것이다. 교육 현장이 변화하는 기술력을 따라가기 위해 짜낸 방책이다. 오 선생은 관련 학과 교수들과 함께 선진 기술을 습득한 뒤 학교로 돌아와 동료 교사들에게 배운 내용을 전달해줄 것이다.

혹자는 연일 외친다. "방학 기간에 교사를 출근시켜라!" "방학 중에는 월급도 주지 말아라!" "철밥통 교사 물러가라!" 언론에도 무사안일주의에 빠진 교사들을 비난하는 구호가 심심찮게 등장한다. 물론 위의 주장처럼 사명감 없이 근무하는 교사들이 있고, 이는 해결해야 할 큰 문제다. 하지만 학생을 위하는 마음으로 끊임없이 자신의 전공을 연구하는 교사가 절대다수라는 사실을 말하고 싶다. 이들의 노력은 언론에 비치지 않는다. 억울해할 일은 아니다. 교사가 끊임없이 자기계발하는 것은 지극히 당연한 일이기 때문이다.

'제일교포' 교사가 늘어나고 있다

민폐 교사 최 선생

"이번엔 진짜 전보내신 쓰겠지?"

학교 행사를 진행할 때면 도와주지는 않고 사사건건 시비만 걸며 방해하는 체육과 원로교사 최 선생을 두고 하는 말이다. 그녀는 골든벨 대회가 열리면 종소리가 이상하다는 둥 재미가 없어서 아이들이 집중을 안 한다는 둥 시비를 걸고, 수학여행을 준비할 때는 '버스가 구식이다' '식단표가 부실하다' 며 면박을 준다. 자연히 동료들은 모일 때마다 최 선생을 두고 수군거린다.

"부장이 공문서 기안도 안 하고 맨날 후배 교사만 부려먹고 말이야!"

4반 담임의 말이다. 50대 후반에 접어든 최 선생은 예체능부장을 맡고 있는데, 자신의 업무를 이 선생에게 미룬다. 이 선생은 학력증진부 소속으로, 방과후 업무를 맡아 수업 과목 개설, 강사 초빙, 수강자 관리, 자유수강권 신청, 기초 학력 관리, 진학지도, 입시전략 수립 등등 할 일이 태산이다. 그런데 최 선생은 체육대회, 학생 체력 평가 등 기본적인 체육과 업무조차도 이 선생에게 떠넘기는 것이다.

최 선생이 공개적으로 따돌림당하는 이유는 그뿐이 아니다. 하루는 연구부에서 교사 연수를 위해 외부 강사를 초빙했다. 한창 강의를 듣고 있는데, 갑자기 최 선생이 강의가 마음에 안 들었는지 강사에게 상욕을 퍼부으며 면박을 주었다. 그리고 혼자서 문을 박차고 나가버렸다. 이렇게 되면 강의 분위기는 어쩔 것이며, 학교 이미지는 또 어떻게 되겠는가. 이것들도 심각한 문제지만, 최 선생이 욕을 먹는 진짜 이유는 따로 있다. 바로 '연가' 문제다.

교사에게는 교직 경력에 따라 20일 전후의 연가가 제공된다. 집안에 급한 용무가 있거나, 피치 못할 개인 사정이 생겼을 때 쓸 수 있는 일종의 휴가 제도인데, 일반 기업의 연차와 비슷한 개념이다. 하지만 일반적으로 교사들은 연가 사용을 자제한다. 연가 보상비를 받기 위해서가 아니다. (교사는 연가 보상비가 없다.) 바로 방학이 있기 때문이다. 마냥 쉬는 기간이라고 생각하기 쉽지만, 대다수 교사는 방학에도 자율 연수를 하기 때문에 사실상 쉬는 날은 며칠 안 된다. 또 이 시기에는 학생들도 학교에 나오지 않기 때문에 교사의 연가는 방학 기간에 맞춰 사용하는 것을 권장한다. 그런데 최 선생은 예외다. 방학도 아닌데 자신의 휴가 일정에 맞춰 5일간 연가를 쓴다.

물론 연가 사용은 개인 자유다. 하지만 최소한 본인이 맡은 수업은 책임져야 하지 않겠는가. 교사가 연가를 사용한다고 해서 학생들의 수업까지 없어지는 게 아니다. 누군가는 최 선생을 대신해 수업에 들어가야 하는데, 연가 기간 본인이 맡은 수업을 다른 과목으로 교체하고 나중에 보강하는 것이 최소한의 의무이자 도리다. 그런데 최 선생은 아무런 조치도 해 두지 않고, 다음 날 무작정 출근을 안 해버린다.

이렇게 되면 바빠지는 사람은 수업계 업무를 맡고 있는 김 선생이다. 김 선생은 부리나케 평소 친분이 있는 수학 선생님을 찾아가 부탁한다.

"선생님! 갑작스럽긴 하지만 수업 대체가 가능하실까요?"

김 선생은 이런 식으로 타 교과 선생님들에게 아쉬운 소리를 하며 최 선생의 연가로 인해 발생한 20시간의 수업 공백을 다른 과목으로 대체한다. 물론 갑작스러운 사고나 예상치 못한 경조사로 인해 연가를 사용하게 되는 경우에는 어쩔 수 없겠지만, 그렇지 않은 경우에는 스스로 수업을 교체하는 게 원칙이다. 최 선생은 이런 일들로 미운털이 박혀 학교 내에서 공공의 적이 되었다. 막말은 물론 몸싸움까지 벌인 적이 있다. 그 상대가 누구인지 알면 더욱 놀랍다.

교장 멱살을 잡는 교사가 있다?

놀랍게도 그녀의 싸움 상대는 교장이었다. 최 선생은 과거 '학생주임'으로 불리며 카리스마를 뽐내고 학생들 군기를 잡았다. 특히 학교폭력 가해자를 대할 때면, 욕을 퍼붓는 것은 물론이거니와 학생의 뒤통수까지 갈기는 경우가 있다. 옆에서 보는 이가 다 간담이 서늘할 정도니 말 다했다.

아무튼 그날 최 선생은 심사가 뒤틀려 교장에게 항의하러 교장실로 향했다. 출장문제 때문이다. 최 선생이 체육과 수업연구대회에 참관하기 위해 출장을 신청했는데, 교장이 반려한 것이다. 최 선생은 씩씩거리며 교장실 문을 열고 들어가 소매 끝자락을 걷어 올린다. 어디 한번 해보자는 식이다.

"교장 선생님! 출장 신청 반려하셨네요?"

말꼬리에 비꼬는 듯한 최 선생 특유의 억양이 묻어 있다. 최 선생의 평소 행실을 알고 있던 교장 역시 비꼬듯 말한다.

"왜? 밥하러 집에 가게?"

불길에 기름을 통째로 붓는 듯한 교장의 말에 최 선생은 다짜고짜 교장에게 달려가 멱살을 쥐고 사정없이 흔든다.

"뭐라고 했냐?"

몸집이 작은 교장은 최 선생의 힘에 이리저리 휘둘린다. 최 선생의 괴성이 복도까지 들린다.

"너 진짜 나하고 원수졌냐?"

말씨도 더욱더 괴팍해진다. 교장을 상대로 이처럼 당당하게, 아니 무모하게 싸울 수 있는 사람은 오직 최 선생뿐이다.

그녀는 교장을 자신의 관리자로 여기지 않는다. 그녀에게는 교장도 한낱 동료일 뿐이다. 그래서 자신의 마음에 들지 않으면 이처럼 들이받는다. 이번 일도 그렇다. 교장은 최 선생의 평소 행실을 보았을 때, 절대로 수업연구대회에 참가하지 않으리라고 생각하고 출장 신청을 반려했다. 체육 과목을 가르치고는 있지만, 최 선생은 전공에 대한 자부심이 없다. 그저 하루하루 시간만 때우고 4시 30분이 되자마자 칼같이 퇴근하는 사람이다. 수업 중 학생들 질문에 제대로 대답해주지 않는 것은 고사하고 시험 출제 역시 귀찮아한다. 그런 그녀가 교과 이론을 집중 탐구하는 연구대회를 참관한다고? 교장은 믿을 수 없다. 아니나 다를까, 연구대회가 열리는 장소가 바로 최 선생 집에서 1분 거리다. 아마 최 선생은 출장을 핑계로 일찍 퇴근하려는 생각이었을 것이다. 물론 교장이 여성 비하적 발언을 한 것은 큰 문제다. 하지만 '정말 그렇다고 실제 학교 현장에서 평교사가 교장에게 이처럼 대들 수 있을까?' 하는 의문이 들 것이다.

결론부터 말하면 충분히 가능하다. 가능할 뿐 아니라, 주위에서 심심치 않게 찾아볼 수 있다. 단, 전제조건이 있다. 바로 '제일교포'여야 한다는 것. 무슨 말이냐고? 제일교포는 '제일 먼저 교감 승진을 포기한 교사'라는 뜻이다. 교사가 승진을 포기하는 순간, 그에 대한 교장의 영향력은 확연히 줄어든다. 요즘 교직사회에서는 승진을 포기하고 안락한 삶을 추구하는 분위기가 확산하고 있다. 오히려 교장이 교사에게 아부하는(?) 일도 왕왕 있다. 관리자 청렴도 평가, 교장 공모제 등 교사가 교장을 평가하는 경우가 늘어나고 있기 때문이다.

학연이 만드는 그들만의 리그

선생님! 순회수업 가능하실까요?

인문계고등학교에 근무할 당시, 사회과 장 선생의 주당 수업 시수는 22시간이었다. 물론 정규 수업만을 두고 하는 말이다. 방과후 수업이나 야간 자율학습 감독까지 포함하면 30시간이 넘는 경우도 다반사다. 게다가 정규 수업만 6시간이 몰려 있는 목요일엔 진짜 힘들다. 오전 3시간을 신나게 떠들고 나서 점심을 먹고, 또다시 오후 3시간 동안 떠들어야 한다. 수업을 마친 뒤에도 방과후 수업 2시간이 기다리고 있다. 또 저녁을 먹고 나면 야간 방과후 수업 또는 야간 자율학습 감독이 기다린다. 이런 날 퇴근길에 오르면 정말 입에서 쓴 내가 난다. 장 선생은 이런 식으로 5년을 버티고, 중학교로 자리를 옮겼다.

중학교의 주당 수업 시수는 20시간 내외로 고등학교와 비슷하지만, 방과후 수업이 적고, 특히 야간 자율학습이 없다. 교육과정도 다르다. 고등학교에서는 입시를 위해 대학수학능력시험문제 분석과 활용에 많은 시간을 쏟기에 수업 부담이 크다. 반면, 중학교는 체험과 활동 위주 교육이 많다. 청소년기 꿈과 희망을 키울 수 있는 다양한 교과 외 프로그램도 중요하다고 여기기 때문이다. 생각해보자. 수업시간에 외부 강연을 듣거나 체험학습을 떠난다면, 교사는 무얼 하겠는가? 교사 역시 외부 강연을 듣고 체험학습을 떠난다. 당연히 강의 부담은 줄어든다. 또 유명 인사를 만나고 그의 생각을 들을 수 있는 것은 장 선생에게도 색다른 경험이다. 고등학교 교사 생활과 지금을 비교하면 그저 천국같이 여겨진다. 그때, 교감 선생님이 장 선생을 호출한다.

"장 선생! 이번 학기 순회수업 가능하겠나?"

"네? 갑자기 순회수업이요?"

"응. 장 선생한테는 미안한데 옆 중학교에서 사회과 순회수업을 요청해와서 말이야. 우리도 체육 순회를 요청해서 거절할 수가 없네. 장 선생이 그래도 수업 시수가 적은 편이잖아."

"뭐…… 어쩔 수 없죠."

순회수업은 인근 학교로 수업 지원을 나가는 것을 말하는데, 대부분의 교사들은 순회수업을 꺼린다. 우리 학교 학생에게 수업하는 것도 어려운데, 남의 학교에 가서 수업하는 건 속된 말로 씨알도 안 먹히는 일이다. 그래도 장 선생은 교감 선생님의 제안을 거절할 수 없었다. 그럴 만한 이유가 있기 때문이다.

장 선생네 학교는 사회 교사가 두 명이라 1인당 수업 시수가 적지만, 인근 학교는 반대로 체육 교사가 여럿 있고 사회 교사가 부족하다. 이럴 때를 위해 교육지원청은 순회수업을 운영한다. 그러니까 장 선생 학교는 옆 학교로부터 체육 수업을 지원받고, 옆 학교에 사회 수업을 지원하는 것이다. 순회수업 제도는 학교마다 교사 수와 수업 시수가 다른 상황에서 서로 상생하기 위한 자구책이다.

서로 다른 출신 학교가 만드는 보이지 않는 벽

장 선생이 처음 순회수업 나갔을 때 일이다. 누군가 그에게 다짜고짜 말을 붙인다.

"선생님! ○○대 나왔지요? 나 거기 85학번이야!"

장 선생은 대답한다.

"아니요. 저는 □□대학교 졸업했는데요."

그러자 갑자기 상대의 말투가 달라진다.

"그렇군요!"

대화는 그것으로 끝이었다. 이후에도 업무 외적인 일로 장 선생에게 말을 걸어오는 사람은 없었다. 원래 순회수업 자체가 서로에게 어색한 일이긴 하다. 그런데 장 선생에게는 출신 학교가 다르다는 이유로 또 하나의 벽이 더해진 것이다.

순회수업 당시 장 선생과 함께 근무했던 교사들은 ○○대학교 출신이 80퍼센트였다. 이 대학은 그 지역에서 가장 명문대학이고, 교원 임용시험 합격률도 전국에서 으뜸이다. 그만큼 자부심이 강하다. 이 대학 출신들은 지역 중고등학교 외에도 도교육청, 교육지원청 등에 진출하여 두각을 나타내고, 자연히 그들만의 리그가 이루어진다.

그렇다고 교사들 사이에 드러내놓고 따돌림이 이루어지지는 않는다. 특정 지역, 특정 대학 출신이 많은 것은 사실이지만, 최근에는 다른 대학 출신 교사가 늘어나는 추세다. 특히 지역 사범대 가산점이 없어진 이후 이러한 현상이 두드러지게 나타나고 있다. 소수점 단위에서 당락이 결정되는 임용시험에서 지역 사범대 출신에게 부여하는 3점의 가산점은 매우 결정적인 요인이었다. 따라서 이 지역에는 이렇게 특정 대학 출신이 많아진 것이다. 하지만 요즘은 지역 사범대 가산점도 사라지고, 17개 시도교육청이 동등하게 경쟁하는 시스템이 되어 교사의 지역색은 거의 사라졌다고 봐도 무방하다. 하지만 대학 외에도 교사를 구분하는 기준이 있다. 바로 교원자격증이다.

6두품 교사, 성골 교사?

초등학교 교사는 대부분 교육대학교를 졸업한 이들로, 출신이 일원화되어 있다. 물론 일반 대학에도 초등교육과가 있긴 하지만 극소수다. 반면 중고등학교 교사는 상황이 다르다. 출신 대학이 다르고, 전공이 다양하며, 교원자격증 취득 방법도 다르다. 중고등학교 교사가 교원자격증을 취득하는 방법은 크게 사범대학 졸업, 교직이수, 교육대학원 졸업, 세 가지다. 그리고 출신별로 교원자격증 발급번호도 달라진다. 그럼, 이 중 가장 강력한 출신은 무엇인가? 교육계의 '성골'은 바로 사범대다!

사범대를 졸업한 백 선생은 학교에 대한 자부심이 굉장히 강하다. 사범대 시스템이 만든 자부심이다. 백 선생은 100 대

1의 경쟁률을 뚫고 임용시험에 합격했다. 임용시험 응시자들은 모두 해당 과목 2급 정교사 자격증을 소지한 우수한 인재들이다. 따라서 이 경쟁에서 살아남기 위해서는 대학 시절부터 교육학 이론과 전공수업에 통달해야 한다. 이를 위해 사범대들은 신입생이 입학하는 순간부터 체계적으로 관리한다. 먼저, 사범대 소속 학생만 이용할 수 있는 자체 연구실과 회의실, 독서실을 운영한다. 임용시험 출제위원 정보를 공유하고, 선후배가 하나 되어 시험 족보를 공유한다. 노량진 유명 학원 강사를 초빙하여 특강을 연다. 음악, 체육, 미술 등 실기 과목을 준비하는 학생에게는 맞춤형 강사까지 제공한다. 이처럼 사범대는 체계적인 시스템을 활용하여 교사를 배출하는데, 그 대표적인 예가 국어과 백 선생이다.

물론 앞서도 말했듯, 사범대 외에도 교직이수를 하거나 교육대학원을 졸업하면 교원자격증을 받을 수 있다. 교직이수란 사범대학 이외의 학과 학생 중 일부를 선발하여 교사로 양성하는 교육과정을 말한다. 예를 들면, 일반 대학의 행정학과나 경제학과를 다니다가 교사에 뜻을 품고 교직을 이수하면 '일반사회' 과목 교원자격증을 받을 수 있다. 대개 이렇게 교직을 이수할 수 있는 학생들은 학과 성적 상위 5퍼센트에서

10퍼센트 정도 되는 사람들뿐이다. 따라서 사범대처럼 체계적인 시스템도 없고, 임용시험 정보를 교류할 동기도 극히 적다. 사범대 출신에 비하면 시작부터 몇 걸음 뒤에서 출발하게 되는 것이다.

교원자격증을 취득하는 마지막 방법은 교육대학원 졸업이다. 대학 졸업 후 대학원 3년 과정을 수료하면 석사 학위와 함께 교원자격증을 받게 된다. 사회과 안 선생이 바로 교육대학원 졸업자다. 국립대 행정학과를 나온 그는 아쉽게도 성적이 어중간하여 교직을 이수하지는 못 했다. 학과 특성상 동기들 중에는 7급이나 9급 공무원 시험에 도전하는 사람들이 많다. 사법고시나 외무고시를 준비하는 사람들도 있다. 안 선생은 고민 끝에 교사가 되기로 마음먹었다. 본래 고등학교 재학 시절에도 사범대 진학을 고민했었다. 하지만 수능시험을 보고 난 후 담임교사와 했던 면담이 그를 행정학과로 이끌었다.

"교사가 되고 싶으면 사범대에 가야겠지만, 꿈이 확실하지 않다면 행정학과도 좋단다. 다른 공무원 시험을 준비해볼 수도 있고, 교직이수 제도를 통해 교사가 될 수도 있거든."

비록 행정학과에서 교직을 이수하겠다는 계획은 학과 성적이 신통치 않아 무산되었지만, 안 선생은 교육대학원에 진학하여 교원자격증을 취득했다. 물론 그 과정은 순탄치 않았다. 사범대 출신이나 교직이수자들과 비교해 시간과 돈도 더 들었고, 대학원 논문을 쓰는 것도 만만치 않았다. 게다가 교육대학원도 사범대에 비하면 임용시험 시스템이 좋지 않다. 어쩔 수 없이 안 선생은 노량진 학원가의 도움을 받아 임용시험에 합격했다. 정말 뱅뱅 돌고 돌아서 여기까지 온 것이다.

그런데 교육대학원 전공은 반드시 학부 시절 전공과 일치해야 한다. 즉, 정치외교학과 졸업생은 교육대학원을 통해 일반사회 교원자격증을, 체육학과 졸업생은 체육 교원자격증을 발급받을 수 있다. 체육을 전공한 학생이 교육대학원을 통해 사회 과목 교원자격증을 받을 수는 없다. 결국 교육대학원은 일반 대학에서 교직이수를 신청하지 못한 학생들이 대학 졸업 후 교원자격증을 취득하기 위해 선택하는 최후의 수단이다. 또 교직이수와 교육대학원을 통해 교원자격증을 취득하더라도, 사범대 출신에 비하면 임용시험 합격률이 저조한 편이다. 이들의 상대는 임용시험에 대한 최신 정보를 바탕으로 체계적인 교원 양성기관 사범대의 관리를 받은 '성골'들이기 때문이다.

앞서도 말했듯, 실제 학교 현장에서 출신 성분으로 차별하는 경우는 없다. 간혹 술자리에서 출신 대학 이야기가 나오긴 하지만 다 부질없는 얘기다. 학교는 교사의 능력에 맞춰 업무를 배정하고 담임을 편성한다. 출신 성분은 고려하지 않는다. 하지만 본인 스스로 자랑스러운 '성골'이 되어서 열심히 (?) 편 가르기를 하는 교사들도 있다.

버림받은 교사, 그의 선택은?

장 선생! 난 학교가 무섭다

민 선생은 올해 55세로 교직 경력 27년차 영어 교사다. 국립대 사범대 영어교육과를 졸업하고 인문계와 중학교, 특성화고까지 안 다녀본 학교가 없는 베테랑 교사다. 젊은 시절엔 학생들로부터 '최고의 영어 교사'라는 찬사를 받았고, 지금까지도 교내 영어 경시대회 준비를 도맡아하고 공인영어시험 동아리를 운영하는 등 영어과에 남다른 애정을 품고 있다. 그런 그가 학교를 그만두려 한다. 아직 정년이 8년 넘게 남았는데 명예퇴직을 고민하는 것이다. 대체 무엇이 민 선생을 학교에서 도망치게 하는지 그 이유가 궁금하다.

　　장 선생이 민 선생을 만난 건 3년 전이다. 푸근한 아저씨 같은 외모의 민 선생은 한참 젊은 장 선생에게 술을 권했다.

"장 선생, 퇴근 후에 술 한잔할까?"

민 선생은 다른 지역에 근무하다가, 시군 간 내신을 통해 장 선생이 근무하는 학교로 전보 왔다. 연고도 없고, 지인도 없던 차에 장 선생이 술을 즐긴다는 소식을 듣고 먼저 다가온 것이다.

"술이요? 좋지요!"

그리고 그날 호프집에서 맥주 한잔하며 이런저런 얘기를 주고받는 가운데, 장 선생은 민 선생의 착한 심성과 술자리에서도 남을 험담하지 않는 모습 등에 감동했다. 무엇보다 술주정도 없고 주량도 비슷해서 금상첨화다. 그들은 이날을 계기로 서로에게 마음을 열고 가장 듬직한 동료가 되었다. 학교 내에 배드민턴 동호회, 볼링 동호회 같은 비공식 조직을 만들어 함께 활동하며 즐겁게 학교생활에 임했다. 그와 함께 지내는 것이 즐거워서 주말에도 출근하고 싶다고 느끼게 될 정도로 민 선생은 장 선생의 정신적 지주가 되었다. 그런 민 선생이 갑자기 학교를 그만두겠다고 하니 장 선생에게는 청천벽력 같은 소리다.

매사에 긍정적이고 낙천적인 민 선생이 갑자기 학교를 그만둘 생각을 했다는 것이 도무지 믿기지 않았다. 무엇이 그를 그토록 힘들게 했을까? 장 선생과 민 선생은 둘이 자주 가던 호프집으로 향했다. 가볍게 술이 한두 잔 돌자, 민 선생이 드디어 말을 꺼낸다.

"장 선생! 난 학교가 어렵다. 학생들이 무섭다."

"학교가 어렵고 학생이 무섭다니요?"

"내가 너무 오래 근무했나 봐. 아니, 타성에 젖었다는 표현이 맞겠지."

"갑자기 왜 그러세요?"

"2학년 5반 김지민이 나한테 그러더라. 선생님! 저보다 영어 못하잖아요!"

제가 선생님보다 영어 더 잘하는데요?

지민이의 당돌한 말 한마디에 민 선생은 돌덩이로 뒤통수를 얻어맞은 것처럼 정신이 혼미해지는 것을 느꼈다. 그렇다. 해외유학을 다녀온 지민이는 민 선생보다 영어 실력이 뛰어나다. 토익 만점은 기본이고, 발음도 좋다. 민 선생이 중간고사 시험문제를 내면, 지민이는 시험 도중에 문제의 오류를 찾아낸다. 문법에 대해서도 지민이가 민 선생보다 더 해박하다. 지민이를 비롯한 상위권 학생 몇몇은 아예 영어 시간에 교과서를 덮고 다른 과목을 공부한다.

　이 같은 굴욕을 당했으니, 민 선생이 무너지는 건 하루아침이면 충분하다. 물론 수업 외에도 인성교육, 생활지도, 진로교육 등 교사의 역할은 많다. 하지만 민 선생은 교과지식이 학생보다 떨어진다는 사실에 스스로에게 적잖이 실망했다. 지민이같이 교과성적이 뛰어난 학생들 앞에 서면 수업을 시작하기도 전에 자신감이 떨어진다. 평소 학생들을 인자하고 격의 없이 대하던 민 선생이 학생들에게 소원해지기 시작한 것도 바로 이때부터다.

　이런 문제는 비단 민 선생 혼자만의 것이 아니다. 인문계 고등학교에서 국어·영어·수학·사회·과학을 담당하는 주요 교과 교사들은 하나같이 이런 문제에 봉착한다. 자신이 과거에 배웠던 이론은 30년 전 구닥다리 이론이다. 전공 교과 연구를 게을리하고 심도 깊게 탐구하지 않는다면 학교에서 도태될 수밖에 없다. 한 시간 수업을 위해 두 시간 이상 준비해야 한다. 나이가 들며 이러한 준비에 소홀해질 때쯤 많은 교사가 민 선생과 같은 회의감에 빠진다. 인문계고등학교 교사가 특히 그렇고, 상위권 성적을 유지하는 중학교 교사도 종종 이런 문제를 겪는다. 물론 나이와 상관없이 교과 연구에 매진하는 교사가 대다수다. 이들은 교과 관련 직무연수에 꾸준히 참여하고 새로 발간되는 논문이나 학술지, 신간 서적도 빼놓지 않고 검토한다. 물론 민 선생도 마찬가지였다. 민 선생이 학생들과 소원해지고 학교를 그만두겠다고 마음먹게 된 결정적인 이유는 바로 교원능력개발평가였다.

교원능력개발평가, 그게 뭔데?

교원능력개발평가는 교원의 능력을 신장하고 학생과 학부모의 공교육 만족도를 향상하는 것을 목적으로 한다. 흔히 교원평가라고 하는데, 학생 및 학부모 평가와 동료 평가를 모두 포함한다. 학부모와 학생은 설문조사 형식으로 교원을 평가하는데, 문제는 이러한 방식의 평가가 교사 개인의 능력과 잠재력을 정확히 반영할 수 없다는 데 있다. 민 선생은 수업을 못하는 교사도, 인간관계가 나쁜 교사도 아니다. 그런데도 교원평가에서 최하위 점수를 받아서 성과급에서 불이익을 당하고 보충 연수를 받아야 했다.

민 선생이 교원평가에서 낮은 점수를 받은 원인은 무엇일까? 민 선생은 동료 평가에서는 우수한 점수를 받았다. 한 학기에 한 번 있는 공개 수업에서 드러나는 민 선생의 수업 능력은 훌륭하다. 동료 교사와의 인간관계도 좋다. 따라서 동료 평가에서는 높은 점수를 받았다.

　문제는 학부모와 학생 평가다. 학부모 평가 점수 분포는 하위권이고, 서술형 평가에는 이런 대목도 있다. "열심히는 하나 학원 강사 수준에 미치지 못한다." 동료 교사가 보기엔 분명 좋은 수업인데, 유독 학부모에게는 수업을 못한다는 평가를 많이 받았다. 이유가 무엇일까? 교원평가 내용은 공개되지 않기 때문에 지금부터 하는 이야기는 전적으로 추측이다. 민 선생이 학부모 평가에서 좋지 못한 점수를 받은 건 아무래도 지민이 같은 상위권 학생의 부모들 때문인 것 같다. 이들이 연합하여 민 선생의 수업을 그들의 입맛에 맞게 진단한 것이다. 문제는 그들이 민 선생의 수업을 직접 보지 않았다는 거다. 올해 수업 공개의 날 행사에 학부모는 한 명도 참석하지 않았으니까.

　하지만 어떻게 몇몇 학부모들의 평가만으로 민 선생의 교원평가 점수가 바닥을 찍을 수 있었을까? 교원평가 참여가 의무 사항이 아니기 때문이다. 만약 모든 학부모가 교원평가에 참여했다면 민 선생의 점수는 정상분포 그래프를 그렸을 것이다. 대개 적극적으로 만족이나 불만족을 표현하는 사람들은 소수고, 대다수의 학부모는 별 관심이 없기 때문이다. 그런데 교원평가 참여가 선택적으로 이루어지다 보니 극소수의 표심이 전체 결과를 좌우하는 상황이 벌어졌다. (해당 교원평가의 학부모 참여율은 10퍼센트 정도였다.) 또 다른 문제가 있다. 속된 말로 '만만하다'고 평할 수 있을 정도로 온화하고 순한 민 선생의 성격이 이번 평가에서 독이 된 것이다.

혜성이는 밝고 활발한 성격이라 주위에 친구들이 끊이질 않는다. 이런 혜성이에게 한 가지 단점이 있다면, 장난이 심하다는 거다. 이번 교원평가에서도 그랬다. 사실 학생들은 매년 실시하는 교원평가를 크게 기대하지 않는다. 평가한다고 해서 선생님이 달라지는 것 같지도 않기 때문이다. 그래서 혜성이는 같은 반 친구들과 작당 모의를 했다. 교원평가에서 한 명에게 최하점을 몰아주기로 작당한 것이다. 타깃이 되는 교사는 학생들 입장에서 만만하고 무섭지 않은 교사여야 한다. 그리고 민 선생이 그 표적이 되었다.

'교원능력개발평가 완료. 점수 확인 바랍니다.'

교원평가 결과가 발표되는 날이다. 민 선생은 별 생각 없이 평가 결과를 확인한다. 그런데 이럴 수가! 학부모와 학생

평가에서 최하점을 받았다. 처음 있는 일이다. 그래도 자세히 살펴보면서 학부모 평가는 참여 인원이 워낙 적어서 그럴 수 있겠다고 스스로 위안 삼는다. 문제는 학생 평가다. 교원평가가 시작된 이래 학생에게 최하점을 받은 적은 없었다. 더욱이 지민이를 비롯한 몇몇 학생들 때문에 영어 수업에 대한 자신감이 떨어진 상태에서 받은 결과였다. 마음에 비수가 꽂힌 듯한 기분이었다. 더는 학교에 남을 이유가 없다는 생각이 들었다. 혜성이의 장난으로 민 선생이 학교를 떠나야만 하는 강력한 이유가 하나 더해진 것이다. 장 선생은 이 같은 일이 학생들의 장난이었음을 알았지만 민 선생을 붙잡지 않았다. 아니, 잡을 수 없었다. 7년 전 벌어진 일을 잊지 못하기 때문이다.

모든 교사는 행복할 권리가 있다

그날은 학교 업무가 바쁘게 돌아가던 12월 즈음이다. 이맘때가 되면 교무실은 뒤숭숭해진다. 한 해 동안 진행한 학교 업무를 마무리하기 위함이다. 교무실 출입문은 들락날락하는 학생들로 쉴 틈이 없고, 각 반 담임은 학생 한두 명씩을 앞에 앉혀두고 상담하느라 정신이 없다. 장 선생도 마찬가지다. 2학년 담임인 그는 1년간 학생들의 활동을 담은 서류 뭉치에 빨

간색 플러스펜으로 밑줄을 그어가며 키보드 자판을 빠르게 두드린다. 장 선생이 해야 하는 일은 생각보다 많다. 출결 현황을 정리하고, 학생들이 수행한 동아리 활동과 자율 활동, 진로 활동, 봉사활동 내용을 입력한다. 학교 스포츠클럽 활동 내용을 입력하고 수상 경력과 독서 활동 상황을 저장한다. 정기고사 결과를 산출하고 학생의 행동 특성을 기재한다. 이때 확인해야 하는 증명 자료의 양은 상상을 초월한다. 또 그 증명 자료들을 일일이 학생과 확인해야 한다. 끝없는 서류 작업으로 고달픈 나날을 보내던 중 그를 즐겁게 하는 공문이 도착했다. 도교육청에서 동 교과 선생님들을 위한 1박 2일 역량 강화 연수 프로그램을 진행한다는 것이었다. 같은 교과를 담당하는 교사들끼리 모여서 각자의 수업 노하우를 나누고 최신 수업 이론을 배우면서 개개인의 수업 역량을 한층 도약시키는 배움의 장이다.

장 선생이 연수원에 도착하자 반가운 얼굴이 많이 보였다. 신규 교사 연수 때 만났던 동기도 있고, 1급 정교사 자격연수에서 만난 친구도 있었다. 순회수업에서 만난 선배 교사와 직전 학교에서 함께 근무했던 부장교사도 보였다. 연수는 교원인사과 장학관의 등장과 함께 시작되었다. 강의와 분임토의를 진행하는데, 동 교과 선생님들의 모임이라 그런지 대화가 끝없이 이어진다. 젊은 신규 선생님들은 선배 교사의 말에 귀를 기울이며 메모하는 데 정신이 없고, 30년 경력의 원로 선생님들은 자신의 경험담을 풀어놓느라 시간 가는 줄 모른다. 그리고 마침내 연수가 끝날 시간이 되자 그들은 서로 눈빛을 교환한다. 가자!

장 선생과 동기생들은 근처 호프집에서 서로의 학교에서 벌어진 일들을 안주 삼아 이야기꽃을 피운다. 술자리가 다 그렇듯이 분위기가 무르익자 다들 흥거워하며 웃고 떠드는 소리로 왁자지껄해진다. 장 선생 옆자리에는 신규 교사 연수 때 알게 된 성 선생이 있었다. 오랜만에 만나는 것인데도 성 선생은 어두운 얼굴로 말없이 맥주만 들이킨다. 장 선생은 의문이 든다. 그가 전에 알던 활발하고 낙천적인 성 선생이 아니다. 장 선생은 묻는다.

"성 선생! 무슨 일 있어?"

"장 선생님은 학교생활 어떠세요? 만족하세요?"

"나야 뭐, 다 똑같지. 수업하고 학교 행정 업무 하고, 담임 업무 하고. 다 알면서 새삼스럽게 그런 걸 왜 물어?"

"그렇죠? 새삼스럽죠?"

성 선생은 또다시 고개를 숙이고 맥주를 들이켠다.

"대체 왜 그러는 거야? 학교생활에 문제 있어? 행정 업무 때문이야? 아니면 학부모 문제야? 대체 무슨 일이야?"

계속되는 장 선생의 물음에 드디어 성 선생은 자신의 고민을 털어놓겠다고 마음먹은 듯했다. 남아 있던 맥주를 싹 비우고 장 선생 쪽으로 의자를 가까이한다. 그의 첫마디는 뜻밖이다.

"부적응내신을 써도 될까요?"

장 선생의 입장에서 성 선생의 말은 실로 놀라운 얘기였다. 성 선생이 부적응을 논할 성격이 아니기 때문이다. '부적응내신'이란 말 그대로 개인 사정상 학교생활이 극도로 어려울 때 전보내신 순위와 상관없이 다른 학교로 전출시키는 제도다. 근무 기간이 1년 미만이더라도 다른 학교로 전보시켜준다. 하지만 이렇게 간편해 보이는 제도라도 남용할 수는 없다. 바로 무서운 꼬리표가 붙기 때문이다. 부적응 사유는 당연히 비밀에 부쳐지지만, 교직사회도 사람 사는 동네다. 희한하게 안 좋은 소식은 꼬리에 꼬리를 물고 쏜살같이 번져나간다. 조직사회에서 한번 찍힌 사람은 계속 불명예를 안고 가게 된다. 그래서일까? 지금까지 장 선생 주위엔 부적응내신을 쓴 사람이 한 명도 없다. 부적응내신을 쓰겠다고 말한 사람은 성 선생이 처음이었다.

성 선생은 동료 교사 때문에 힘들다고 했다. 자신을 괴롭히며 못살게 군다는 건데, 자세한 이유는 말하지 않는다. 그저 그 동료와 마주치는 것조차 싫단다. 성 선생은 본인이 학교를 떠나면 모든 게 해결될 거라고 생각한다. 장 선생은 안 되겠다 싶어 어쭙잖은 조언을 시작했다.

"성 선생! 우리 힘들게 임용시험 봤잖아!"

특히 성 선생은 학창 시절 배운 기초 지식이 부족하다며 수학과 과학을 기초부터 차근차근 공부했다. 당연히 공부 진도는 일반 수험생과 비교가 안 될 정도로 느렸고, 남들은 평균 2년 걸리는 수험 생활을 3년이나 했다. 그래도 끝까지 참고 여기까지 왔다. 그런데 고작 동료 때문에 힘들어서 학교생활을 못 하겠다니? 도통 이해가 안 된다. 장 선생은 성 선생의 낙천적인 성격을 강조하며 문제를 잘 해결할 수 있을 것이라고 강조했다. 문제의 꼬리표 이야기도 꺼냈다. 다행히 장 선생의 말이 효과가 있었는지 성 선생은 연신 고개를 끄덕이며 미소를 짓는다. 그렇게 그날의 술자리는 끝났고 이들은 일상으로 돌아갔다. 성 선생은 부적응내신을 선택하지 않았다. 대신 다른 극단적인 선택을 했다.

무엇이 어디서부터 어떻게 잘못된 건지 모르겠다. 장 선생은 일이 손에 잡히질 않았다. 성 선생이 목숨을 끊을 거라고는 상상도 못 했다. 이후로 장 선생은 섣불리 판단하고 의견을 내지 않겠노라고 다짐했다. 장 선생은 개인적인 판단으로 부적응내신을 좋지 않게 여겼다. 하지만 달리 해석해보면, 부적응내신 제도가 있다는 것 자체가 이 제도가 분명 필요한 제도라는 뜻이다. 모든 이에게는 주변의 시선을 생각하지 않고 자신이 만족할 만한 삶을 선택할 권리가 있다. 모든 교사는 행복할 권리가 있다. '교사가 행복해야 학생이 행복하다'라는 말이 머릿속을 스쳐 지나간다.

7년 전 사건 때문에 장 선생은 민 선생이 학교를 떠난다고 말했을 때 적극적으로 말리지 않았다. 그리고 민 선생의 선택을 존중하기로 했다. 교원평가 점수가 낮게 나온 것은 학생들의 장난 때문이라 해도, 그 사실만으로 민 선생을 붙잡을 수는 없다. 민 선생이 학교를 떠나는 건지, 학교가 민 선생을 버린 건지 아직도 모르겠다.

해외파견과 전보내신

결국 민 선생은 학교를 떠나기로 마음먹었다. 장 선생은 민 선생이 학교를 완전히 떠나는 퇴직이 아니라 이직을 선택하도록 설득해보기로 작정했다. 그래서 전에 같이 근무했던 정 선생의 이야기를 들려주었다.

정 선생은 지방 중소 도시에 거주하는 20년 차 미술 교사다. 부부가 둘 다 교사로 일하니 경제적으로 어려움이 없고, 교사라는 직업이 갖는 사회적 지위도 아직은 괜찮다. 자녀도 잘 성장했고 무엇 하나 근심 걱정이 없다. 이쯤 되니 정 선생은 연일 반복되는 단조로운 수업과 매년 맡는 업무가 지겨워지기 시작한다. 그에게 생기를 불어넣어줄 활력소가 필요하다. 그래서 그는 해외파견이라는 새로운 도전을 선택했다.

우리나라에는 재외국민을 위해 설립한 국제학교에서 일할 수 있는 해외파견 제도가 마련되어 있다. 대상 국가는 일본, 중국, 대만, 싱가포르, 인도네시아, 베트남, 태국, 이란, 사우디아라비아, 이집트, 파라과이, 아르헨티나, 러시아, 필리핀, 말레이시아, 캄보디아 16개 국가로, 34개 학교에서 파견 교사가 근무하고 있다. 학교 시스템도 우리나라와 유사하다. 대상자에게는 승진 가산점이 주어지고, 체류비와 왕복 항공기 티켓도 제공된다. 파견 교사의 자녀에게는 해당 국제학교에 입학할 수 있는 특전이 제공된다. 급여는 해당 국제학교에서 지급하는 방식과 우리나라 지자체가 지급하는 방식이 있다. 대개 한번 파견 가면 2년에서 3년 동안 근무하는데, 본인이 원하면 그 이상 근무할 수도 있다.

해외파견의 장점은 뭐니 뭐니 해도 해외에서 색다른 경험을 해볼 수 있다는 것이다. 선진국으로 파견 가게 되는 경우, 한국에서 접하기 어려운 선진 문물을 경험할 수 있어 자녀 교육에도 이점이 있다.

하지만 정 선생은 해외파견을 포기했다. 다른 지원자들에 비해 외국어 점수가 부족했고, 이 외에도 부장교사 경력, 담임 경력, 생활지도 능력 등 해외파견을 위해 준비해야 할 요건이 생각보다 많고 다양했다. 무엇보다 아내의 반대가 심했다. 아내로서는 안정적인 삶을 내려놓고 낯선 해외에서 생활해야 한다는 게 썩 내키지 않았기 때문이다. 하지만 영어과 민 선생은 영어 실력이 수준급이기에 가족의 동의만 있으면 해외에서 교사 생활을 할 수 있다. 이제 장 선생이 쓸 수 있는 카드는 모두 던졌다. 남은 건 민 선생의 선택뿐이다.

며칠 후 두 사람은 단골 호프집에서 다시 만났다.

"장 선생이 지난번에 말한 해외파견 교사 있잖아? 나 그거 못 할 거 같아."

"왜요? 사모님이 반대하세요?"

아무래도 가정을 꾸린 50대의 삶이란 제약이 많을 수밖에 없다. 남편, 아버지가 먼 타국으로 가서 근무하겠다는데 흔쾌히 허락할 가족이 얼마나 되겠는가?

"충분히 이해합니다. 그럼 이건 어때요?"

장 선생은 또 다른 제안을 던진다.

1년 전 어느 햇살 좋은 오후의 일이다. 장 선생은 교육청으로 출장을 떠나고 있었다. 화창한 오후에 학교를 벗어나는 게 대체 얼마 만인지 모르겠다. 올해 고3 담임인 그는 매일 반복되는 방과후 수업과 야간자율학습으로 밤늦도록 학교에 매여 있다. 출장이 아니었다면, 지금쯤 졸고 있는 민준이를 깨우고, 넋을 놓고 있는 규준이에게 주의를 주고 있었을 것이다. 그런데 지금 수업을 뒤로한 채 차창을 열고 가을바람을 느끼고 있으니, 이 얼마나 행복한가.

그때, 장 선생은 맞은편 파란색 차량을 발견한다. 그 차의 주인은 보건교사 임 선생이다. 장 선생은 파란 차를 향해 손가락 하트, 손 하트, 양손을 머리 위로 모아 만든 커다란 하트까지 하트 3종 세트를 발사한다. 마지막으로 윙크하며 손키스까지 날렸는데, 임 선생은 이상하게 고개를 푹 숙인 채 미동도 없다. 뭔가 잘못되었다는 것을 느끼던 찰나, 갑자기 임 선생의 파란색 승용차 조수석과 뒷자리의 모든 창문이 동시에 내려간다. 그 안에는 동료 교사들이 빼곡히 앉아 장 선생에게 손을 흔들고 휘파람을 불며 환호하고 있다.

사회과 장 선생과 보건교사 임 선생의 3년간의 비밀 연애가 딱 걸린 순간이다. 이날 이후 이들은 어쩔 수 없이 공개 연애를 하게 되었지만, 주변의 뜨거운 관심이 부담스럽다. 동료 교사들은 언제부터 우릴 속였냐는 둥, 결혼은 언제 하냐는 둥 하나부터 열까지 사사건건 간섭이다. 수업시간 학생들의 관심사도 교과 내용이 아니라 이들의 연애사가 되어버리니, 장 선생은 모든 게 부담스럽다. 어쩔 수 없이 장 선생은 학교를 옮기기로 결정했다. 이게 바로 전보내신 제도다.

전보내신은 국공립학교 교사가 관내(근무 지역), 관외(타 시군 지역) 지역으로 근무처를 옮길 수 있는 제도다. 교사는 일반적으로 한 학교에서 6년까지 근무할 수 있는데, 본인이 희망하고 학교장이 승인한다면 전보유예 제도를 통해 2년간 더 근무할 수 있다. 한 학교에 최장 8년까지 근무할 수 있다는 것이다. 그 기간이 만료되면 좋든 싫든 무조건 다른 학교로 옮겨야 한다. 물론 교사들 성향에 따라 다르지만, 교사들은 대개 한곳에 5년 이상 근무하는 경우가 많다. 간혹 1년만 근무하고 전보내신을 쓰는 일도 있지만, 아무래도 이상한 꼬리표가 붙는 것을 피하지 못한다. 학교도 사람 사는 곳인지라 한곳에 적응하지 못하고 자주 이동하면 '부적응 교사'로 낙인찍힐 수 있다. 물론 학교를 옮기고 싶어도 옮길 수 없는 교사가 있다. 바로 사립학교 교사다. 사립학교 교사는 교육청이 아니라 사립 재단에서 채용되기에, 재단이 운영하는 법인 내에서만 이동할 수 있고 재단이 운영하는 학교가 한 개일 경우에는 지금 근무하는 학교가 평생직장이 된다.

국공립학교에서 전보내신을 쓰는 이유는 다양하다. 취미 생활을 위해 대도시로 이동하는 예도 있고, 승진하기 위해 도서벽지로 가기도 한다. 대체로 교통이 불편하거나 인적 자원이 빈약한 학교는 인기가 없고, 시설 좋고 인적 자원이 우수한 학교에는 쉽게 들어가기 힘들다. 흔히 말하는 대도시로 전보내신을 쓰는 경우엔 지원자가 많이 몰린다. 장 선생과 같은 사회과 강 선생도 그중 한 명이다. 강 선생은 올해 천안으로 내신을 쓰려 한다. 30대 초반인 그녀는 피아노와 볼링, 요가와 배드민턴까지 다양한 취미활동을 하며 스트레스를 해소한다. 그런데 지금 근무지가 속한 지역사회는 그녀가 추구하는 취미활동을 채 수용하지 못한다. 강 선생은 암벽등반을 배우고 싶은데 현재 그녀가 근무하는 군(郡)에는 학원도, 암벽등반 동호회도 없다. 어쩔 수 없이 강 선생은 암벽등반을 하기 위해 천안 지역으로 내신을 쓰려 한다. 그녀가 천안으로 전근 가기 위해서는 경쟁자들보다 점수가 앞서야 한다. 학생 지도 실적, 교육부 장관 표창, 근무 지역 점수, 근무 성적 평정 등 다양한 요소를 합산하여 점수를 매기고 고득점자순으로 희망 지역에 우선 배정되는 시스템이다.

시골에서 나고 자란 역사과 한 선생은 강 선생과는 상황이 다르다. 운 좋게 초임 발령이 천안으로 나서 10년간 근무했다. 앞으로도 계속 천안에서 근무하고 싶지만 현행 제도하에서는 불가능하다. 천안은 많은 교사가 희망하는 경합지로 최대 근무 연수는 10년이다. 10년을 채우고 나면, 반드시 외곽 지역으로 나가야 한다. 한 학교에서 최대 6년이라는 학교

만기가 있는 것처럼, 지역 만기가 있기 때문이다. 경합지로 갈수록 지역 만기가 짧고, 비경합지일수록 길다. 가령 전북 전주에서 6년을 근무하면 반드시 다른 지역으로 나가야 하지만, 충남 부여에서는 15년간 근무할 수 있다. 그래야 도시에 있는 학생과 시골에 있는 학생이 모두 동등한 교육 기회를 보장받을 수 있기 때문이다. 너나없이 대도시에서만 일하고 싶어 한다면 산골이나 섬에 있는 학교에는 누가 간단 말인가.

하지만 요즘은 오히려 도서벽지를 선호하는 교사가 많다. 도서벽지수당과 같은 약간의 경제적 이점도 있지만, 가장 큰 유인은 승진 가산점이다. 흔히 '깡패 점수'라 하는 도서벽지 가산점은 교감 승진에 있어 가장 강력한 무기다. 젊을 때 5년 정도 섬에 들어가 근무한다면, 20년 후 교감 승진에서 이기지 못할 상대가 없다. 도서벽지 가산점을 제공하는 이유 역시 해당 지역에 거주하는 학생의 학습권을 지키기 위함이다.

제주도에서 나고 자란 제주도 토박이 신 선생의 이야기도 들어보자. 초등학교부터 대학교까지 모두 제주도에서 나온 신 선생은 현재 천안에서 근무하고 있다. 집밥이 그리운 그의 꿈은 부모님이 계신 제주도로 가는 것이다. 제주도에서 부모님 농사일도 도우며 여유를 만끽하고 싶다.

과연 신 선생은 꿈을 이룰 수 있을까? 방법은 두 가지다. 첫째는 제주도 임용시험을 다시 보는 것이다. 하지만 높은 경쟁률을 뚫고 겨우겨우 합격한 임용시험 공부를 다시 한다고 생각하니 엄두가 나지 않는다. 두 번째 방법은 시도 간 내신이다. 앞서 말한 동일 지역 시군 간 전보뿐만 아니라 시도 간 내신도 있다. 제주도에 근무하는 교사와 일대일 교류를 하는 것이다. 물론 이때는 서로 과목이 일치해야 하며, 희망자가 많으면 부부 별거 기간, 교직 경력, 노부모 부양 여부 등으로 우선순위를 따져 교류를 진행한다. 전보내신을 희망하는 17개 시도교육청 소속 교사들마다 전공 과목과 희망 지역이 모두 다르므로 이러한 교류는 정말 운이 좋아야 이루어질 수 있다. 주위를 보면 10년 넘게 내신을 써도 안 되는 사람이 있고, 운 좋게 1년 만에 교류가 이루어지는 예도 있다. 신 선생이 제주도로 가는 것은 어렵긴 하지만 불가능한 일은 아니다.

물론 교사의 성향에 따라 학교 이동을 선호하지 않는 부류도 있다. 하지만 '물은 흐르지 않으면 썩는다'라는 속담이 있다. 한곳에 정착하여 쉬운 길로 가지 않고 끊임없이 새로운 곳으로 이동하며 변혁적으로 수업하는 교사들을 응원한다.

교장 승진의 비결

교장 선생님, 그건 안 되겠는데요

조용한 교무실에 전화벨이 울린다. 체육과 김 선생에게 온 전화다. 발신 번호를 확인하니, 100번이다. 100번은 교장의 내선 번호다. 김 선생은 목소리를 가다듬고 밝은 목소리로 전화를 받는다.

"네, 교장 선생님. 김○○입니다."

"김 선생, 잠깐 교장실에서 볼까?"

김 선생은 수화기를 내려놓자마자 하던 일을 멈추고 서둘러 교장실로 간다. 교장실 문을 열자 교장은 김 선생을 향해 앉으라고 손짓한다. 이는 분명 김 선생에게 따로 지시할 사안이 있다는 거다. 보통 때는 선 채로 보고하거나 결재받기 때문이다.

'또 학부모 민원이 들어왔나? 아님, 우리 반 학생이 사고라도 쳤나?'

의자로 향하며 이리저리 머리를 굴려보지만, 당최 떠오르는 게 없다. 결국 김 선생은 교장의 의중을 파악하는 것을 포기했다. 김 선생이 자리에 앉자 교장이 말을 꺼낸다.

"김 선생, 우리 학교 체육대회 종목은 어떤 것들이 있지?"

전혀 예상하지 못한 말이었다. 지금 교장은 수학과 출신이기에 지금까지 체육대회에 관한 전권을 모두 김 선생에게 일임해왔다. 그런데 어찌 된 영문인지 갑자기 체육대회에 관심을 보이니, 김 선생은 당황스럽다.

김 선생은 체육대회의 취지와 기대 효과에 대한 이야기와 함께 체육대회 종목을 차근차근 설명했다. 교장은 곰곰이 설명을 듣고 있더니 대뜸 카트라이더 게임을 해보는 건 어떻겠냐고 제안한다. 게임이라니? 정년을 3년 앞둔 60대 교장이 교내 체육대회에서 인터넷 게임을 해보자고 제안하는 모습은 충격적이었다. 물론 좋은 의미에서. 시대의 흐름을 읽고 학생의 흥미를 반영한 의미 있는 제안이다. 김 선생은 교장의 진취적인 사고방식에 부응하고 싶었다. 요즘 E-스포츠가 유행이니, 못 할 이유도 없겠다 싶었다. 즐거운 마음으로 답변한다.

"학생들이 좋아하고, 노트북과 공유기 등 장비만 준비한다면 충분히 가능합니다."

그리고 곧바로 학교 컴퓨터 관리 업체 직원을 불러 장비와 인터넷 설정 등을 확인하며 준비 작업을 추진했다.

그런데 며칠 뒤, 학교에 이상한 소문이 돌기 시작했다. 3학년 세진이가 본인이 체육대회 종목에 인터넷 게임을 넣었다며 우쭐해한다는 것이다. 김 선생은 세진이를 불러 물었다.

"세진아! 네가 체육대회 종목에 카트라이더를 넣었다는 게 무슨 말이니?"

그러자 아무것도 모르는 세진이는 자신 있게 김 선생의 물음에 대답한다.

"애들이 게임 좋아하잖아요? 그래서 제가 교장 선생님께 말씀드렸어요. 카트라이더 게임을 체육대회 정식 종목으로 채택했으면 좋겠다고요!"

이것은 자존심 강한 김 선생으로서는 굉장히 기분 나쁜 일이다. 체육대회를 주관하는 부서는 체육부다. 따라서 체육대회 종목과 규칙은 김 선생을 통해 결정되어야 한다. 그런데 세진이는 김 선생에게 먼저 건의하지 않고 바로 교장 선생님을 찾아가 건의한 것이다. 여기까지는 세진이가 모르고 그랬을 수 있다. 하지만 김 선생이 화가 난 이유는 요즘 학생들이 부모의 안 좋은 모습을 닮아가는 것 같다는 생각이 들었기 때문이다. 요즘 학교로 걸려오는 학부모들의 민원전화를 받아보면 "저는 아무개인데요. 아무개 선생님 좀 바꿔주세요" 하는 사람은 찾아볼 수 없다. 바로 "교장 바꿔!"다. 교무실로 전화해놓고 대뜸 교장부터 찾는 것이다. 교사 개인에게 불만이 있어도 무조건 교장을 찾는다. 수업시간에 책상에 엎드려서 자는 학생이 있을 때, 어떤 학부모는 자는 학생을 깨운다고 불만이고, 또 다른 학부모는 깨우지 않는다고 불만이다. 이런 사소한 불만까지 모두 교장을 통해 해결하려고 한다. 그런데 세진이가 그런 어른들의 모습을 똑같이 따라 하고 있는 것이다. 절대 용납할 수 없는 처사다.

그는 곧바로 교장실로 향했다. 이번에는 교장이 앉으라고 하기도 전에 본인이 먼저 의자에 앉아 교장을 바라보며 두 손을 의자 쪽으로 향한다. 나름대로 예의를 갖춘 동작이었지만, 이런 제스처는 앞서 교장의 손짓과 같은 의미다. 무언가를 요구하거나, 오늘같이 무언가 불만이 있다는 뜻이다. 교장이 자리에 앉자마자 김 선생은 먼저 말을 꺼낸다.

"교장 선생님, 아무래도 체육대회 때 인터넷 게임을 하는 건 어렵겠습니다."

교장은 의아해하며 눈을 동그랗게 뜬다. 하지만 김 선생은 작정한 듯 인터넷 게임의 폐해를 나열하고, 대신 우리 전통 놀이인 씨름을 제안한다. 이러면 교장은 당연히 씨름을 선택할 수밖에 없다. 담당자가 이렇게까지 반대하는데 굳이 고집할 이유가 없다. 게다가 저런 이유라면 학부모 민원도 들어올 수 있다. 결국, 게임 대회는 취소되었다. 그런데 교장에게 김 선생처럼 행동하는 게 현실적으로 가능할까? 결론부터 말하자면, 가능성은 반반이다. 학교급별로 관리자인 교장, 교감의 영향력이 다르기 때문이다.

더 이상 전지전능한 교장은 없다

그렇다면 초·중·고 학교급별 교장의 영향력은 어떨까? 그리고 교사들 간 서열이 있을까? 교직사회의 직급은 교장-교감-교사로 나뉜다. 물론 교감 아래 원로교사, 수석교사, 부장교사 등이 있지만, 엄밀히 말하면 이들은 모두 평교사다. 원칙적으로 교사 간 위계는 없다. 하지만 현실은 다르다.

먼저 중등교사 간 위계를 살펴보자. 앞서 김 선생의 사례에서 알 수 있듯이 중학교는 위계가 가장 낮다. 얼핏 보면 위계가 없는 것 같을 정도다. 특히 '제일교포' 교사라면 더욱 무서울 것이 없다. 그는 승진을 포기했기 때문에 동료 평가나 학부모 평가에 관심이 없고, 근무 성적 평정을 잘 받을 필요가 없기에 관리자에게도 굽신거리지 않는다. 평교사가 35년 경력을 가진 교장 멱살을 잡을 정도다. 그리고 본인이 맡은 수업을 잘하는 이상, 교장은 이렇게 막 나가는 교사를 제지할 방법이 없다. 인사상 불이익을 줄 명분이 없는 것이다.

이뿐만 아니다. 중등교사는 각자 자신이 전공한 교과에서 전문가로 인정받는다. 따라서 아무리 관리자라 해도 교과 관련하여 지적할 때는 저항을 경험하게 된다. 예를 들면 수학을 전공한 교감이 사회 교사의 교육 방식을 지적하는 것은 쉽지 않다. 아무리 교감이라도 사회 과목에 대하여 사회 전공 교사보다 잘 알 수는 없기 때문이다. 교과 사업을 제안하더라도, 대부분 관리자는 '예산이 적정한가' '안전 대책을 마련했는가' 정도를 판단할 뿐이다. 따라서 중학교에서는 관리자의 영향력이 약해질 수밖에 없다.

교사들 간 위계도 약한 편이다. 중학교 교사들은 학교 내에서는 교과협의회로, 학교 밖에서는 교과연구회로 과목별로 똘똘 뭉쳐 있다. 따라서 타 과목 간에는 교사의 위계를 논할 수 없다. 이처럼 중등교사는 선배 교사로부터 받는 압박감이 덜하다.

반면 초등교사는 위계가 분명하다. 대학 선배가 곧 관리자나 선임 교사가 된다. 대학에서 세부 전공이 나뉘긴 하지만 별 의미 없다. 대부분 학급 담임이고 그밖에 영어나 체육, 음악 등 과목 전담교사가 있는 것이기 때문이다. 대학 때 체육을 전공했다고 해서 체육 전담교사가 되는 게 아니다. 담임교사를 우선으로 뽑고 학교 사정에 따라 전담교사를 따로 임명한다. 따라서 초등교사는 중등교사와 비교했을 때, 전공에 따른 차별성과 고유성이 약하고, 대부분 같은 교육대학교 출신이기 때문에 선배 관리자가 후배 교사에게 업무 지시하기가 쉽다. 예를 들어 초등교사가 교과 사업을 기획한다고 생각해보자. 중등교사와는 달리 사업을 기획한 담당 교사와 점검하는 관리자의 전공이 같은 상황이다. 따라서 관리자는 교직 경력을 내세우며 사업을 수정하거나 축소할 수 있다. 물론 초등교사 중에도 '제일교포'는 있다. 하지만 관리자이기 이전에 선배인 사람의 지시를 어떻게 쉽사리 거절할 수 있을까? 분명 중등교사보다는 어려울 것이다. 그렇다면 평교사들 간 위계는 어떨까? 마찬가지 이유로 강하다. 같이 근무하는 교사 대부분이 선후배고 전공이 같기에 선배가 후배 교사에게 지시하는 게 쉽다.

여담이지만, 제일교포를 자처하는 초등교사들은 대개 전담교사를 선호한다. 담임교사에 비해 상대적으로 업무 강도가 낮기 때문이다. 담임교사는 온종일 자신이 맡은 학급에서 모든 교과를 가르친다. 쉬는 시간은 물론, 점심시간도 학생들과 함께하는 게 보통이다. 말 그대로 학생이 등교할 때부터 하교할 때까지 계속 함께 지내는 것이다. 이에 반해 전담교사는 담당 학급이 없고, 자신이 맡은 교과만 수업하면 되기 때문에 업무 강도나 스트레스가 덜하다.

이번에는 이 분야 최강자 유치원이다. 단설 유치원은 유아 전담 학교로, 일반 사립 유치원처럼 유아만을 위한 학급으로 구성된 독립된 기관이다. 여기에는 원장, 원감으로 불리는 관리자가 있고, 각 학급 담임교사와 방과후 과정 교사가 있다. 이곳에서 관리자의 위세는 실로 대단하다. 유치원 교사는 초등교사와 마찬가지로 모든 구성원의 전공이 같다. 초등교사보다 더 위계가 강한 이유는 구성원이 극소수이기 때문이다. 유치원 교사는 한 다리만 건너면 같은 시도에 근무하는 모든 교사를 파악할 수 있을 정도로 구성원이 적다. 워낙 소수 집단이라 소문은 꼬리에 꼬리를 물고 퍼진다.

교과서 문제도 있다. 유치원 수업은 초중등학교처럼 교과서를 중심으로 이루어지지 않고, 놀이 중심의 교구 활용 위주로 진행된다. 이때 교구는 관리자의 의지에 따라 천차만별로 달라진다. 교사에게 교구를 직접 만들 것을 요구하는 관리자도 있다. 학급 환경 정리도 마찬가지다. 중학교 학급 게시판은 학생들에게 입시 정보나 자격증 시험 일자 등 공지사항을 전달하기 위해 활용한다. 하지만 유치원 학급 게시판은 아이들 수준에 맞게 알록달록 아름답게 꾸미는데, 이 과정에서도 관리자의 기준이 상당한 영향력을 미친다.

게다가 유치원 교사는 학부모를 상대하는 일도 초중등교사에 비해 더 버겁다. 아이들이 어린 만큼 당연히 교육과 생활에 대한 부모의 관심도가 더 높다. 학부모 상담 횟수 역시 초중등학교에 비해 많은 편이다. 따라서 유치원 교사는 수업 자료나 학습 지도안 작성에 더욱더 심혈을 기울이고, 관리자는 이 모든 과정을 통제하면서 강력한 리더십을 행사한다. 요하면, 전공의 단일성, 교구를 결정하는 관리자의 권한, 유치원 교육에 대한 부모의 높은 관심이 유치원 교사의 위계를 강하게 한다.

이렇듯 관리자를 중심으로 한 교사 간 위계의 정도는 학교급별로 천차만별이다. 대부분 교장은 스스로를 한 학교의 장으로 인식한다. 실제로 교장은 공무원 4급에 상당하는 대우를 받는다. 그들이 갖는 권위와 자부심은 실로 대단하다. 이들은 자신이 교무를 통괄하고 행정 직원을 아래 두고 있다고 여김으로써 불편한 마찰을 빚기도 한다.

과거, 중학교로 새로 부임하는 교장이 황제 의전을 지시한 일이 있다. 자신의 첫 출근길에 모든 직원이 교문 앞에 도열해 손뼉을 치라고 지시한 것이다. 누가 보면 대통령 행차쯤 되는 줄 알겠다. 대체 어느 나라 사고방식일까? 만약 황제 의전을 거부한다면 교장은 서류를 결재하지 않는 등의 방법으로 복수한다. 만약 학교에서 물건을 주문했는데 교장이 결재하지 않는다면 물건 대금을 지급할 수 없다. 대체 어느 시대 행패인지 궁금하다. 요즘 같으면 당연히 갑질 행위로 교장은 직위 해제되고 처벌받았을 것이다.

초·중등교육법 제20조는 '교장은 교무를 통할하고 소속 교직원을 지도·감독한다'고 명시하고 있다. 그런데 20조 4항에는 '교사는 법령에서 정하는 바에 따라 학생을 교육한다'고 한다. 그렇다면 이 둘의 관계를 어떻게 해석해야 할까? 교사는 교장의 명에 따라 학생을 교육하는 게 아니고, 법에 따라 교육하는 것이다. 이 때문에 학교 현장에서는 부당한 지시에 대한 반항이든지, 법령에 따른 교사의 정당한 교육활동이든지, 교사가 교장의 결정에 반발하는 사건이 종종 발생한다.

교장 승진의 지름길, 장학사 전직

사회과 장 선생은 이러한 상황을 잘 알고 있다. 그래서 학교는 학생들을 위해 존재하는 것이고 교장은 학생만을 생각하며 교육활동에 전념해야 한다는 신념으로 승진을 준비하고 있다. 그렇다면 장 선생이 교감으로 승진하는 방법은 무엇일까? 우선 장학사로 전직하는 것이 있다.

장 선생 초등학교 재학 시절, 하루는 담임 선생님이 수업은 안 하고 오전 내내 청소만 시킨다.

"민수야! 분필에 물 묻혀 와라!"

민수는 영문도 모른 채 미술 시간에 쓰는 종지에 물을 담아 분필 다섯 개를 담갔다. 시간이 조금 흐르자 분필은 물을 머금고 찰흙처럼 물러졌다. 선생님은 그것을 이용해 복도에 파인 못 자국을 메웠다. 흰색 복도 벽면은 감쪽같이 깨끗해졌다. 다른 친구들은 책걸상을 뒤로 밀고, 집에서 가져온 면포와 양초로 교실과 복도 마룻바닥에 광을 내고 있다. 또 주사님은 수돗가에 호스를 연결하여 흙탕물이 튀어 더러워진 화단을 물로 말끔히 닦아내고 있다. 갑자기 무슨 난리일까?

오전 내내 대청소를 한 후 5교시가 되자 진짜 수업이 시작되었다. 담임 선생님은 평소와는 달리 미소를 머금고 상냥한 말투로 수업을 진행한다. 시간이 조금 흐르자 뒷문이 드르륵 열리며 말끔한 정장을 입은 신사가 교장 선생님과 함께 교실로 들어온다. 선생님은 학생들에게 수업 중에 누군가가 들어올 수도 있지만 절대 다른 곳을 쳐다보지 말고 본인에게만 집중하라고 신신당부했지만, 민수는 슬쩍 옆눈으로 봤다. 그 신사는 수첩에 무언가를 적더니 교장 선생님과 사라졌다. 선생님은 그제야 마음이 놓이는 듯 한숨을 내쉬며 수업을 편하게 진행했다.

장 선생은 지금에 와서야 당시 교실과 복도에 광이 나도록 청소를 하고, 담임 선생님이 발표 순번까지 정하며 수업을 진행했던 이유를 알게 됐다. 바로 장학사가 학교에 방문하기 때문이었다. 장학사는 학교를 평가하는 교육전문직원으로, 수업과 학교 행정 실태를 점검하러 온 것이다. 어릴 적 높게만 느껴졌던 장학사가 이제는 또래 친구가 되었으니 세월이 참 많이 흘렀다. 장학사는 교직사회에서 어떤 존재일까?

　장학사가 되기 위해서는 교원 자격과 함께 일정 기간의 근무 경력을 갖춰야 한다. 예를 들면 충남교육청은 정규 교원으로서 17년 이상의 교육 경력을 가진 자 중에서 공개 채용한다. 1차 시험은 정책 논술과 보도자료 작성이다. 교육 현장의 쟁점을 해석하는 능력은 장학사의 기본 역량이다. 보도자료 작성 능력 역시 기자나 주민들에게 교육청 사업을 일목요연하게 소개하는 데 필요한 역량이다. 2차 시험에서는 현장 평가, 교육 실적 등을 살펴본다. 주위에 교육 전문직에 도전하고 있는 선배나 친구들은 2차 현장 평가를 가장 두려워한다. 1차 소양 평가는 순전히 본인 노력에 달렸다. 교육 정책에 관한 강의나 서적을 구해 공부하면 된다. 문제는 2차 현장 평가인데 그중에서도 '인성 및 동료 교원 다면평가' 항목이 발목을 잡는다. 장 선생과 같이 근무했던 김 선생은 1차 성적도 좋고, 각종 연구대회 및 교육자료전 수상 경험으로 교육활동 실적도 우수했지만, 인성평가에서 고배를 마셨다. 그렇다면 인성평가는 어떤 방식으로 진행되길래 이렇게 두려워하는 걸까?

평화로운 오후, 갑자기 교육청으로부터 전화가 온다.

"여보세요! 교원인사과 장학사입니다. 선생님께서는 아무개 선생님과 2010년도에 같이 근무하셨죠?"

그리고 질문이 쏟아진다.

"평소 아무개 선생님은 동료 관계가 어떤가요?"

"아무개 선생님이 장학사가 되는 것에 대해 어떻게 생각하시는지요?"

"아무개 선생님이 장학사의 역량을 가졌나요?"

요즘엔 전화 응답 대신 은밀하게(?) 답변할 수 있는 메신저를 활용하고, 교육전문직 지원자 명단을 교육청 홈페이지에 게시하여 공개 검증을 요구한다. 이 때문에 평소 인간관계를 소홀히 한 교사는 전문직 시험에 응시하기 어렵다. 물론 교직사회도 사람 사는 세상이기에 이곳저곳에서 소소한 다툼이 벌어진다. 하지만 만약 이 다툼이 큰 싸움으로 번진다면 양 당사자 모두 전문직 시험은 포기한 거나 마찬가지라고 봐야 한다. 뒤에서 언급하겠지만 이러한 경우는 교감 승진에서도 제한을 받게 된다. 물론 이런 검증은 분명히 필요하다. 하지만 좁디좁은 교직사회에서 안 좋은 소문 하나로 평생 준비해온 승진 기회를 놓치는 모습을 보니 가슴이 시리다.

두 번째 관문까지 통과했다면 마지막 3차 평가가 남았다. 수업 컨설팅과 주제에 맞는 상호토론이다. 수업 컨설팅은 학교 현장에서 발생할 수 있는 사건을 놓고 현 상황에 맞는 대안을 제시하는 것이다. 장학사는 학교를 방문하여 수업 장학을 한다. 당연히 장학사 본인이 수업에 관한 전문 지식을 갖고 있어야 신규 교사 및 경력이 짧은 교사의 수업을 진단하고 평가할 수 있다. 또 교육 사건을 해석하여 상호 토의나 토론을 한다. 한 가지 주제를 선정하여 의견을 제시하고 토론한다. 이같이 교육전문직 시험은 무려 3개월 넘는 기간 동안 이루어진다.

위의 관문들을 모두 통과하고 작년에 전문직 시험에 합격한 양 장학사는 요즘 행정 업무로 바쁜 나날을 보내고 있다. 하루에도 수차례 민원을 응대해야 하기 때문이다. 양 장학사는 처음엔 자신이 가진 열정을 교육 기획에 쏟아 새로운 교육 정책을 마련하겠다는 포부를 밝혔지만, 지금은 민원인 응대하는 데 시간을 다 쓴다고 말한다. 민원을 접수하고, 사안을 조사하고, 보고서를 작성한 후, 또다시 민원인에게 결과를 통보하는 과정이 녹록지 않다. 국회의원이나 도의원이 요구하는 내용을 일선 학교로부터 취합하여 자료를 작성하는 일도 힘이 든다. 예산을 적재적소에 배분하고 성과를 내는 것도 장학사의 업무다. 장학사의 일은 학교에서 반드시 필요로 하는 요구에 대해 행정적 지원을 하는 것이다. 즉, 국가직인 '교원'에서 지방직인 '행정직'으로 전직하는 것이다. 수업 부담은 사라지지만, 쌓여 있는 행정 업무는 야근하지 않고는 감당할 수 없을 정도다.

물론 개중에는 승진을 바라고 교육전문직 시험에 도전하는 경우도 있다. 교사가 교감이 되려면 약 20년간 치열하게 (?) 준비해야 한다. 시도별로 차이가 있긴 하지만, 교육전문직은 약 5년 정도 근무하면 교감으로 승진할 수 있다. 이 점을 노려 교육전문직 제도를 교감 승진의 지름길로 활용하는 교사가 있다. 반면 '저녁이 있는 삶'을 지향하는 최근의 사회 분위기로 인해 교직사회에서도 주말을 반납하며 야근을 밥 먹듯 하는 전문직의 삶을 원하지 않는 교사도 있다. 선택은 본인의 몫이다. 그렇다면 교육전문직이 되는 것 외의 승진 방법은 어떤 것이 있을까?

계약제 교장이냐, 자유로운 학교냐!
교장 공모제의 일장일단

교육연구부장 사회과 장 선생에게 메시지가 도착했다.

'오늘은 부장회의가 있는 날입니다. 부장교사 선생님들은 10시까지 교장실로 모여주시기 바랍니다.'

교무부장이 보낸 메시지다. 교무부장은 지난 2018년 '쌍둥이 시험문제 유출 사건'으로 일반인에게도 익숙한 직책이다. 원래 명칭은 '교무기획부장'으로 학사 업무 전반을 총괄하는 자리다. 학교에서는 교장, 교감 다음으로 힘 있는 직책이며, 학기 초 신입생 입학식부터 학년 말 졸업식까지 교무부장의 손길이 안 닿는 행사가 없다. 그만큼 업무도 많고, 스트레스도 많이 받는다. 대신 교직사회에서 교무부장이 된다는 것은 '교감 승진 1순위'라는 뜻이다. 승진을 위한 평가 요소 중 가장 어렵고 중요한 점수가 근무 성적 평정인데, 학교에서는 대체로 교무부장이 근무 성적 평정을 잘 받기 때문이다. 교무부장은 학교의 모든 살림을 도맡아 하면서 교장과 교감을 지근거리에서 모신다. 일반 교사들도 교무부장은 곧 승진할 거라고 생각하기 때문에 굳이 그와 부딪히려 하지 않는다.

10시가 되자 교장실에 12명의 부장교사가 모였다. 부장교사의 수는 학교급과 학급 수에 따라 정해지며, 명칭은 학교장이 정한다. 보통 학급 수가 6학급 정도 되는 소규모 학교는 교무부장, 연구부장, 학생부장 정도가 있으며 30학급이 넘는 큰 학교는 부장교사가 20명 가까이 배정된다. 앞서 언급한 교무, 연구, 학생부장 외에도 각 학년부장이 있으며, 3학년 입시를 책임지는 진로부장, 학생 상담을 주관하는 상담부장, 체육과 미술, 음악 교과를 통합한 예체능부장, 방과후 수업을 운영하는 방과후부장, 기초 학력을 담당하는 학력증진부장, 동아리 활동이나 자율 활동을 담당하는 창의적 체험활동 부장 등이 있다. 전문계고등학교는 기계과, 전자과, 토목과, 식물과 등 각 과 부장이 있고, 직업교육부장이 별도로 있다.

부장교사는 담당 부서의 사업이나 행사를 기획하는 행정 업무를 책임진다. 예를 들면, 정기고사를 담당하는 교육연구부는 시험 일자가 다가오면 분주해진다. 교육연구부장 장 선생은 교과 선생님들에게 시험 출제 사전 교육을 한다. 시험 시간표를 작성하고 시험지 원안을 배포한다. 또 출제 오류가 없도록 같은 교과군 선생님에게 문항 검토를 요청한다. 시험지 원안이 취합되면 평가 담당 교사와 연구부장이 문항을 검토한다. 오탈자를 확인하고, 작년 시험지와 대조하여 중복 문항이 출제되지는 않았는지 확인한다. 시험지 원안에 이상이 없으면 교장, 교감 선생님에게 결재를 받고 시험지를 인쇄한다. 인쇄한 시험지는 이중으로 잠금장치를 하여 평가실에 보관한다. 물론 보관함은 CCTV가 지켜보고 있다.

다음 날 장 선생과 평가 담당 교사는 시험 감독 교사를 배정한다. 시험 당일 출장이 있는 교사를 제외하고, 시험 과목과 감독 교사의 전공이 겹치지 않게 한다. 그리고 시험 감독 시 교사의 유의 사항을 정리하여 시험 도중 발생할 수 있는 부정행위를 예방한다. 시험이 끝나도 할 일은 계속된다. 학생들이 제출한 OMR 카드를 읽고 문항을 채점한다. 시험 문항에 관한 학생들의 이의 제기를 접수하고, 최종 결과를 인쇄해 확인 작업에 들어간다. 모든 채점이 완료되면 성적표를 출력하여 각 가정에 발송한다. 이같이 교육연구부는 시험의 전 과정을 담당하고 그 중심에는 교육연구부장 장 선생이 있다.

교육연구부장은 이 외에도 교원능력개발평가, 기초 학력 지도, 학교 평가, 교생실습, 공개 수업, 직무연수, 교과협의회, 직업기초능력 개발 등을 담당한다. 부장교사는 해당 부서에서 추진하는 모든 사업을 기획하고 책임진다. 따라서 대개는 학급 담임을 맡지 않는다. 학교 현장에서 교사들이 가장 기피하는 업무 두 가지가 담임교사와 부장교사 업무인데, 이 둘을 동시에 맡기는 것은 너무 가혹한 처사이기 때문이다. 이러한 행정 업무는 요즘 말로 교사의 '부캐(부캐릭터)'라고 할 수 있다.

그렇다면 학생 생활지도를 담당하는 학생부장은 어떨까? 요즘 학교폭력이 날로 심각해지고 있는데, 단 한 건의 사건만 발생해도 담당자가 처리해야 할 업무는 산더미다. 우선 피해자와 상담하며 자필 진술서를 작성하고, 가해자로 지목된 학생들을 소환한다. 이때 가해 학생들은 대부분 자신의 혐의를 부인하고, 모르쇠로 일관한다. 이제부터는 심리전이다. 수업만 해온 교사들이 가해 학생의 혐의를 증명하기는 쉽지 않다. 이 시점에서 학생부장에게 학교폭력 전담경찰관의 도움이 필요해진다. 학생부장은 수시로 전담경찰관과 내용을 협의한 후 피해 학생과 가해 학생의 진술 내용을 요약한 보고서를 작성한다.

다음 할 일은 학교폭력전담기구 구성이다. 교감 선생님을 위원장으로 상담교사, 보건교사, 학교폭력 처리 담당 교사 등이 참여해 사안을 회의한다. 이 결과를 교육청에 보고하고 학교폭력대책자치위원회를 개최한다. 이때는 교사와 전담경찰관뿐만 아니라 반수가 넘는 학부모위원이 참여해 관련 학생의 의견을 듣고 징계 수위를 결정하게 된다. 이 회의 결과 역시 교육청에 보고하고, 결정된 징계 내용을 학부모에게 통보한다. 만약 이때 징계에 불만이 있다면 학부모는 재심을 청구하고, 행정심판도 진행된다.

이와 같은 일련의 과정을 처리하다 보면 학생부장은 진이 빠진다. 이밖에도 학생부장은 흡연문제, 출결문제 등 학생 징계 사안을 다루는 학생생활교육위원회, 학생회 임원을 선출하고 관리하는 학생자치회, 학교를 중간에 그만두는 학생을 설득하기 위한 학업중단예방교육, 학교 축제, 교내 봉사활동 지도 등의 업무를 맡는다.

부장교사 경험을 통해 행정 업무 능력을 쌓는 것은 교장 승진을 위한 기본 전제조건이다. 그리고 가장 비굴하고 어려운 문제지만, 승진을 위해 반드시 갖추어야 할 조건이 있다. 바로 근무 성적 평정이다.

원로교사 박 선생은 매일 교장과 함께 다닌다. 교장이 출장을 가는 날이면 운전을 자처하고, 산행하러 가는 날이면 말동무를 자처한다. 회식이 있는 날에는 술자리도 함께한다. 항상 교장의 옆을 그림자처럼 지키며, 주위 사람이 볼 때 눈꼴 사나울 정도로 충성을 다한다. 박 선생이 이처럼 교장에게 꼼짝 못 하는 이유는 뭘까? 교감 승진을 준비하는 박 선생에게 지금 가장 필요한 것은 근무 성적 평정이기 때문이다.

50대 후반을 바라보는 박 선생은 학창 시절 공업고등학교를 졸업하고 사범대에 진학했다. 당시는 국립대 사범대를 졸업하면 의무 발령이 나던 시절이었기 때문에 최 선생은 대학을 졸업하자마자 공립학교 교사로 발령받았다. 그리고 30년이 지난 지금, 그는 교감 승진을 준비하고 있다. 승진의 고려 요소는 경력, 연수 성적, 연구 실적, 가산점, 근무 성적 평정 점수 등이다. 대개 교사로 20년 이상 근무하면 경력 점수는 만점이다. 또 연수 성적은 직무연수와 자격연수 점수다. 연구 실적 점수는 각종 연구대회 입상 성적과 석사나 박사 학위 취득 여부를 확인하여 부여한다.

승진을 준비하는 사람이라면 경력 평정과 연수 성적 평정은 거의 만점이다. 박 선생도 그렇다. 20년 넘게 근무하였기에 경력 평정 점수는 만점이고, 석박사 학위를 받아 연구 점수도 채웠다. 나머지는 학교폭력 가산점, 연구학교 근무 가산점, 해외파견 가산점, 보직 교사나 담임교사 가산점 등의 가산점 평정인데, 이러한 가산점은 열심히 학교생활에 임하면 충분히 얻을 수 있는 점수다. 결과적으로 승진에 있어서 가장 큰 문제는 근무 성적 평정이다.

　바로 이 근무 성적 평정이 박 선생이 교장의 뒤꽁무니를 졸졸 따라다닌 이유다. 현재를 기준으로 최근 5년간 교장으로부터 근무 성적 평정 만점을 받아야 유리한데, 이 점수를 받지 못해 승진에서 탈락하는 사람이 다수다. 교사들이 평교사 중 가장 업무가 많고 힘든 교무부장 직책을 감내하는 이유는 바로 근무 성적 평정을 잘 받기 위해서다. 대개 학교의 살림꾼 교무부장이 근무 성적 평정도 잘 받기 때문이다. 지금은 덜해졌지만, 과거에는 이런 점을 활용해 악행을 저지르는 교장도 많았다. 학교 일은 물론이고, 교장의 경조사와 자녀문제까지 전부 교무부장이 챙기던 시절도 있었다. 지금이야 갑질로 고발당하고도 남을 일이지만 그땐 그랬다.

　하지만 여전히 근무 성적 평정이라는 문제가 남아 있기에, 오늘날까지도 교사가 교감으로 승진하기 위해 학생이 아니라 교장의 눈치를 보는 폐단이 나타난다. 교장의 눈밖에 날까 조마조마해하며 교장이 관심 있어 하는 업무 분야에만 열과 성을 다한다. 이게 과연 바람직한 방향인가? 승진을 위해서는 꼭 이렇게 비참하게 굴어야만 하는 걸까? 이에 대한 대안으로 10년 전부터 교장 공모제가 운영되고 있다.

장 선생은 이번에 교무부장이 되어 교장 공모제를 주관하게 되었다. 교육전문직으로 불리는 교육청 장학관과 장학사가 교육감을 대신하여 감사관으로 파견되어 왔다. 양손 가득 두툼한 서류 뭉치를 들고. 장 선생이 회의실에 들어가니, 현직 교장이 말없이 그들의 말을 경청하고 있었다. 무언가 심각한 대화임이 틀림없다. 뒤이어 학교 운영위원과 교원위원들이 하나둘씩 도착하여 자리에 앉는다. 무슨 재미난 구경이라도 된다는 듯 방청권을 얻어서 온 학부모 너댓 명도 함께하고 있다. 이윽고 장 선생은 회의실 입구를 굳게 닫는다. 그리고 입을 열었다.

"지금부터 공모 교장 심사위원회를 마칠 때까지 한 분도 이 회의장을 나갈 수 없습니다. 소지하고 있는 휴대전화는 전원을 꺼서 제출해주시기 바랍니다. 점심 식사도 이 자리에서 이루어집니다. 화장실에 가실 때도 저랑 동행하셔야 합니다."

뭔가 심상찮은 분위기가 느껴진다. 이 순간부터 이곳은

창살 없는 감옥이다. 왁자지껄한 학생들의 목소리로 가득한 교정으로부터 격리된 통제구역에 무거운 침묵이 엄습한다.

장 선생은 공모 교장 지원자의 인적사항을 알고 있는 유일한 사람이다. 당연히 현직 교장과 교감은 오늘 심사위원회에 영향력을 행사할 수 없다. 교원위원으로 선출된 교사 역시 특정 지원자를 지지할 수 없으므로 학교장 선발권은 학부모위원과 외부 위원들에게 달려 있다. 지원자들은 자기소개서와 학교 운영계획서를 토대로 학교의 비전을 제시하고 자신의 포부를 밝히느라 여념이 없다. 파견 나온 장학사들은 선발 과정이 공정하게 이루어지는지 예의주시하고 있다. 그리고 교무부장인 장 선생은 이 모든 과정을 진행한다.

교장 공모제는 교장 임명이 연공서열이나 경력 및 근무 성적 평정 중심으로 이루어지는 것을 비판하며 학교 자치를 실현하고 단위 학교의 자율 운영을 지원한다는 취지로 기존 승진 위주의 교장 임용을 개선하기 위해 만들어진 제도다. 이 제도에 따르면 근무 성적 평정과 교장 자격증 없이도 교장에 임용될 수 있다. 학교운영위원회 주도로 교장 지원자를 공개 모집하고, 공모 교장 심사위원회를 구성하는데, 학부모를 비롯한 외부 위원이 과반 넘게 위촉된다. 학부모와 지역사회의 의견을 많이 반영하여 학교 혁신을 추진하겠다는 의도다. 학교 현장에서는 '계약제 교장'을 양산하는 것 아니냐는 부정적인 목소리와 함께, 생동감 있는 학교로 변모할 수 있는 참신한 아이디어라는 긍정적인 평가가 공존한다. 교장 공모제 문제 역시 판단은 각자의 몫으로 남겨두고자 한다.

장 선생은 교장 공모제를 주관하는 것으로 교무부장으로서의 첫발을 내디뎠다. 앞으로 그는 관리자와 평교사 사이 중간자의 입장에서 굵직한 학교 현안들을 해결해나가야 한다. 그 과정에서 온갖 이권 다툼을 경험하게 될 것이고 굴욕과 설움도 느끼게 될 것이다. 교사내전은 문자 그대로 현재 진행 중이다. 교무부장이 된 장 선생의 앞에는 어떤 운명이 펼쳐지게 될까? 그 행보의 귀추가 주목된다.